U0904269

花间集

［后蜀］赵崇祚 编

［唐］温庭筠　韦庄等 著

［宋］赵佶　［明］唐寅等 插图

陕西新华出版传媒集团

三　秦　出　版　社

The Collection of
Songs among The Flowers

目 录

薛昭蕴　十九首

牛峤　三十二首

张泌　二十七首

毛文锡　三十一首

牛希济　十一首

欧阳炯 十七首

和凝 二十首

顾敻 五十五首

孙光宪 六十一首

魏承斑 十五首

鹿虔扆　六首

阎选　八首

尹鹗　六首

毛熙震　二十九首

李珣　三十七首

北宋／赵昌／岁朝图轴

花间集序

武德军节度判官欧阳炯撰

镂玉雕琼[1]，拟化工而迥巧[2]；裁花剪叶，夺春艳以争鲜。是以唱云谣则金母[3]词清，挹霞醴[4]则穆王心醉。名高《白雪》，声声而自合鸾歌[5]；响遏行云，字字而偏谐凤律[6]。《杨柳》《大堤》之句，乐府相传；《芙蓉》《曲渚》之篇，豪家自制。莫不争高门下，三千玳瑁之簪[7]；竞富樽前，数十珊瑚之树[8]。则有绮筵公子，绣幌佳人，递叶叶之花笺，文抽丽锦；举纤纤之玉指，拍按香檀。不无清绝之辞，用助娇娆之态。

自南朝之宫体[9]，扇北里[10]之倡风。何止言之不文[11]，所谓秀而不实。有唐以降[12]，率土之滨，家家之香径春风，宁寻越艳[13]；处处之红楼夜月，自锁嫦娥。在明皇朝[14]，则有李太白应制[15]《清平乐》词四首，近代温飞卿复有《金荃集》。迩来[16]作者，无愧前人。

今卫尉少卿字弘基[17]，以拾翠洲边，自得羽毛之异；织绡泉底，独殊机杼之功[18]。广会众宾，时延佳论。因集近来诗客曲子词五百首，分为十卷。以炯[19]粗预知音，辱请命题，仍为序引。昔郢人有歌《阳春》者，号为绝唱，乃命之为《花间集》。庶使西园[20]英哲，用资羽盖之欢；南国婵娟，休唱莲舟之引[21]。

时大蜀广政三年[22]夏四月日序。

1 镂玉雕琼：雕刻美玉。形容刻画功夫。

2 拟化工而迥巧：虽模仿天然造化却更为巧妙。

3 金母：西王母。相传穆天子与西王母宴饮于瑶池之上，西王母为天子唱《白云谣》。

4 挹霞醴：酌仙酒。

5 鸾歌：如鸾鸣之美。形容优美动听的音乐。

6 偏谐凤律：指与十二律相谐。偏，遍。凤律，指古代音阶十二律。

7 三千玳瑁之簪：典出战国平原君与春申君夸富事，来客众多且富有，形容美词众多。玳瑁之簪，装饰有玳瑁的簪。

8 数十珊瑚之树：用石崇与王恺以珊瑚树争豪事。

9 宫体：指南朝梁代的一种艳体诗。

10 北里：唐长安城北的平康里，妓院集中地。这里泛指市井妓馆之处。

11 言之不文：指歌词缺少文采。

12 有唐以降：自唐代以来。

13 越艳：越地美女，泛指南国美女。

14 明皇朝：唐明皇即唐玄宗李隆基在位时期（712—756）。

15 应制：奉命所作。这里指李白奉皇帝诏命而作的四首词。

16 迩来：近来。

17 弘基：本书编纂者赵崇祚，字弘基，生平事迹不详。官至卫尉少卿。

18 “拾翠洲边”四句：喻编著者以独到的眼光搜罗集结经典新词。

19 炯：本序文作者欧阳炯。欧阳炯（896—971），五代诗人，益州华阳（今四川成都）人。先后仕于前蜀、后唐、后蜀、宋，官至宰相。是花间派重要作家，其词见于《花间集》《尊前集》。

20 西园：汉代禁苑，曹魏时为文坛名流宴饮赋诗之所。此处代指文坛。

21 莲舟之引：即《采莲曲》，古乐府曲调名。这里指有了《花间集》就不必再唱旧曲。

22 大蜀广政三年：后蜀年号，即公元940年。

宋 / 佚名 / 牡丹图

温庭筠 六十六首

温庭筠（约812—866），本名岐，一名庭筠，字飞卿，文思敏捷，凡八次叉手而八韵成，又号“温八叉”。并州祁县（今山西祁县）人，出生于没落贵族家庭，数举进士不第，傲视官场、放浪不羁，一生不得志，后流落而死。诗词俱佳，诗与李商隐齐名，时称“温李”。词与五代韦庄并列，又有“温韦”之称，被认为是唐词第一人，艺术成就达到了唐一代词之巅峰，被尊为“花间派”之鼻祖。

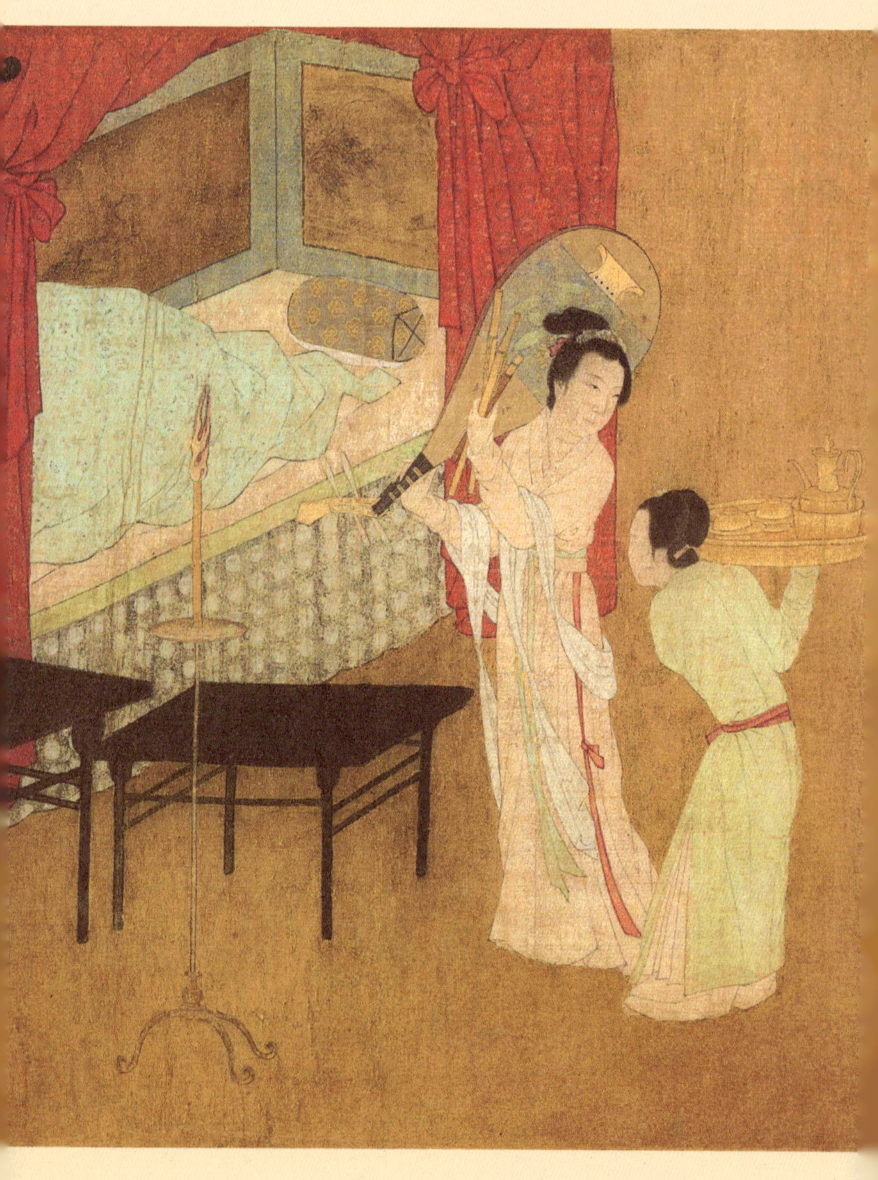

五代 南唐 / 顾闳中 / 韩熙载夜宴图（局部）

菩萨蛮

其一

小山重叠金明灭，[1] 鬓云欲度[2] 香腮雪。
懒起画蛾眉，弄妆梳洗迟。

照花前后镜，花面交相映[3]。
新帖绣罗襦[4]，双双金鹧鸪[5]。

---

1 “小山”句：描写女子妆容。小山重叠，形容发髻层次。金明灭，形容头饰斑斓。一说描写屏风，画屏在晨曦照映下忽明忽暗。
2 欲度：形容鬓发掠过雪白的脸庞。
3 花面交相映：指前后镜影射下，镜中的花与女子脸庞交相辉映。
4 襦(rú)：短袄。
5 鹧鸪(zhè gū)：雉科野禽，其鸣声似“行不得也哥哥”，故古诗词中多以“鹧鸪”作为表达恋人间离别愁绪的象征。

其二

水晶帘里玻璃枕，暖香惹梦鸳鸯锦。
江上柳如烟，雁飞残月天。

藕丝秋色浅，[1]人胜[2]参差剪。
双鬓隔香红[3]，玉钗头上风[4]。

其三

蕊黄[5]无限当山额，宿妆[6]隐笑纱窗隔。
相见牡丹时[7]，暂来还别离。

翠钗金作股，钗上蝶双舞。
心事竟谁知，月明花满枝。

---

1 藕丝秋色浅：指女子衣裙颜色。
2 人胜：人形首饰。古俗于正月七日（人日）剪彩为人形，戴在头上。
3 香红：指花。
4 风：颤动。
5 蕊黄：即额黄，额部涂黄（染画）。六朝至唐的一种妇女妆容。
6 宿妆：隔夜妆。
7 牡丹时：牡丹开花的时节，即暮春。

其四

翠翘金缕双鸂鶒[1]，水纹细起春池碧。
池上海棠梨，雨晴红满枝。

绣衫遮笑靥，烟草[2]粘飞蝶。
青琐[3]对芳菲，玉关[4]音信稀。

其五

杏花含露团香雪，绿杨陌上多离别。
灯在月胧明[5]，觉来闻晓莺。

玉钩[6]褰[7]翠幕，妆浅旧眉薄。
春梦正关情[8]，镜中蝉鬓轻。

---

1 鸂鶒(xī chì)：一种水鸟。翠翘指鸂鶒之尾。金缕形容鸂鶒身上花纹。
2 烟草：指春草细柔如烟。
3 青琐：指古代豪宅门窗上的雕花装饰。因以青涂之，故称青琐。
4 玉关：玉门关。此处代指边关。
5 月胧明：月色朦胧。
6 玉钩：玉制的帐子挂钩。
7 褰(qiān)：挂起。
8 关情：涉及、牵连别后的情思。

其六

玉楼明月长相忆，柳丝袅娜春无力。
门外草萋萋，送君闻马嘶。

画罗金翡翠，[1]香烛销成泪。
花落子规[2]啼，绿窗[3]残梦迷。

其七

凤凰相对盘金缕，[4]牡丹一夜经微雨。
明镜照新妆，鬓轻双脸长[5]。

画楼相望久，栏外垂丝柳。
音信不归来，社前[6]双燕回。

---

1 画罗金翡翠：罗帏上画有金色的翡翠鸟。
2 子规：杜鹃鸟，其鸣声似“不如归去”。
3 绿窗：此处代指闺人居室。
4 凤凰相对盘金缕：描写衣上盘绣着成双的金色凤凰。
5 双脸长：言人瘦。
6 社前：社日之前。此处指立春后的春社。

五代 后蜀 / 黄居宷 / 花卉写生图册（其一）

其八

牡丹花谢莺声歇，绿杨满院中庭月。
相忆梦难成，背窗灯半明。

翠钿[1]金压[2]脸，寂寞香闺掩。
人远泪阑干[3]，燕飞春又残。

其九

满宫明月梨花白，故人万里关山隔。
金雁[4]一双飞，泪痕沾绣衣。

小园芳草绿，家住越溪[5]曲[6]。
杨柳色依依，燕归君不归。

---

1 翠钿：以翠玉镶嵌的金首饰。
2 压：遮掩。
3 阑干：眼泪纵横的样子。
4 金雁：绣衣上的金雁图案。
5 越溪：相传为越国美女西施浣纱之溪。
6 曲：深隐处。

其十

宝函[1]钿雀金鸂鶒[2]，沉香阁上吴山碧[3]。
杨柳又如丝，驿桥春雨时。

画楼音信断，芳草江南岸。
鸾镜[4]与花枝，此情谁得知。

其十一

南园满地堆轻絮，愁闻一霎清明雨。
雨后却斜阳，杏花零落香。

无言匀睡脸，枕上屏山[5]掩。
时节欲黄昏，无憀[6]独倚门。

---

1 宝函：枕头。
2 钿雀、金鸂鶒：皆为枕头边的嵌金头饰。
3 “沉香阁”句：登阁远眺，吴山碧色。沉香阁，泛指精美的亭阁。吴山，即胥山，浙江杭州市西湖东南。
4 鸾镜：饰有鸾鸟图案的妆镜。
5 屏山：画着山水的屏风。
6 无憀（liáo）：无聊。

其十二

夜来皓月才当午[1]，重帘悄悄无人语。
深处麝烟长，卧时留薄妆。

当年还自惜，往事那堪忆。
花露月明残，锦衾知晓寒。

其十三

雨晴夜合[2]玲珑[3]日，万枝香袅红丝拂。
闲梦忆金堂，满庭萱草[4]长。

绣帘垂䍡䍤[5]，眉黛远山[6]绿。
春水渡溪桥，凭栏魂欲消。

---

1 当午：月在中天。
2 夜合：又名合欢花。古时赠人，以消怨合好。
3 玲珑：空明。
4 萱草：又名忘忧草，著名观赏型花卉，古人赏花而忘忧，故名。
5 䍡䍤（lù shù）：此处指帘子下垂的穗。
6 眉黛远山：用黛画眉，秀丽如远山。

其十四

竹风轻动庭除[1]冷，珠帘月上玲珑影。
山枕[2]隐秾妆[3]，绿檀金凤凰[4]。

两蛾[5]愁黛浅，故国吴宫远[6]。
春恨正关情，画楼残点声[7]。

---

1 庭除：庭前阶下。除，台阶。
2 山枕：枕头形状如山。
3 秾妆：略同浓妆。秾，花木繁盛。
4 绿檀金凤凰：指绿檀枕、金凤钗。
5 两蛾：双眉。
6 故国吴宫远：吴灭越，越以西施献吴，西施身在吴而思越。
7 残点声：即残漏将尽的声音。表示天将明。

北宋 / 黄筌 / 苹婆山鸟图

更漏子

其一

柳丝长，春雨细，花外漏声迢递[1]。
惊塞雁，起城乌，画屏金鹧鸪。

香雾薄，透帘幕，惆怅谢家池阁[2]。
红烛背[3]，绣帘垂，梦长君不知。

其二

星斗稀，钟鼓歇，帘外晓莺残月。
兰露重，柳风斜，满庭堆落花。

虚阁上[4]，倚栏望，还似去年惆怅。
春欲暮，思无穷，旧欢如梦中。

---

1 迢递：悠远。
2 谢家池阁：原指唐李德裕美妾谢秋娘居所。后泛指佳人闺阁。
3 红烛背：红烛燃尽。
4 虚阁上：登上空阁。

其三

金雀钗，红粉面，花里暂时相见。
知我意，感君怜，此情须问天。

香作穗[1]，蜡成泪，还似两人心意。
山枕腻[2]，锦衾寒，觉来更漏残。

其四

相见稀，相忆久，眉浅淡烟如柳。
垂翠幕，结同心，侍郎熏绣衾。

城上月，白如雪，蝉鬓美人愁绝。
宫树暗，鹊桥横[3]，玉签[4]初报明。

---

1 香作穗：香燃烬。比喻君心如死灰。
2 山枕腻：山形枕头为泪所染。腻，指泪污。
3 鹊桥横：银河横斜，比喻天将晓。鹊桥，指银河。
4 玉签：报更的竹签。

其五

背江楼，临海月，城上角声[1]呜咽。
堤柳动，岛烟昏，两行征雁分。

京口[2]路，归帆渡，正是芳菲欲度。
银烛尽，玉绳[3]低，一声村落鸡。

其六

玉炉香，红蜡泪，偏照画堂秋思。
眉翠薄，鬓云残，夜长衾枕寒。

梧桐树，三更雨，不道离情正苦。
一叶叶，一声声，空阶滴到明。

---

1 角声：号角声。角，古乐器名，多用作军号。
2 京口：今江苏省镇江市。
3 玉绳：星名。北斗的最北边两星。

北宋 / 赵昌 / 写生蛱蝶图（局部）

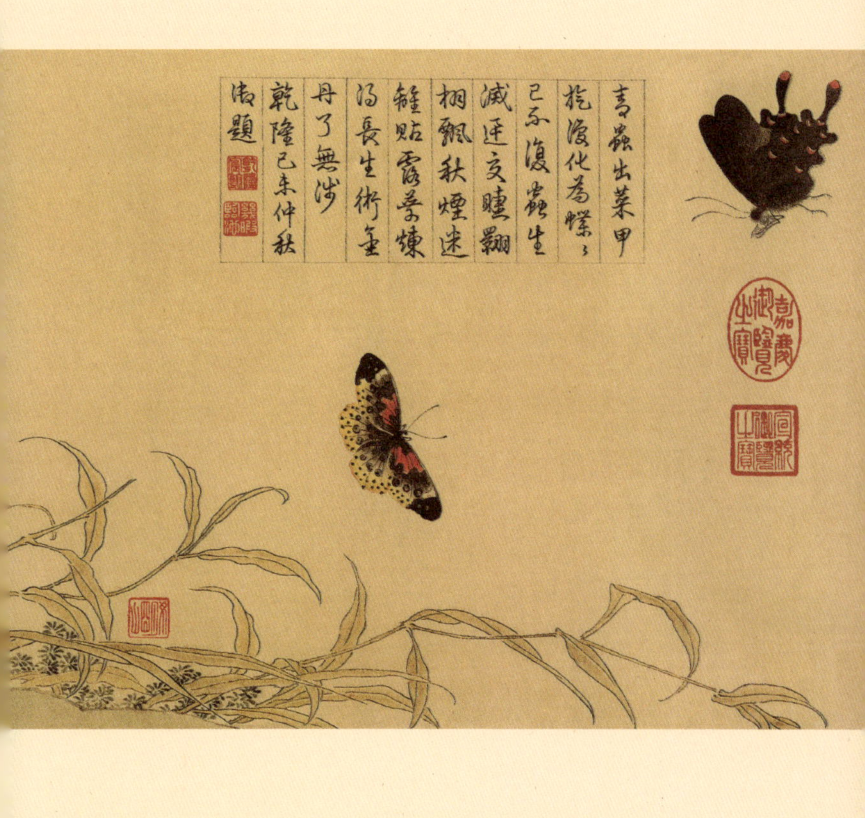
青蟲出菜甲
已不復蟲生
乾隆己未仲秋
御題

归国遥

其一

香玉[1]，翠凤宝钗垂䍦䍦。
钿筐交胜金粟，[2]越罗春水渌[3]。

画堂照帘残烛，梦余更漏促。
谢娘无限心曲，晓屏山断续。

其二

双脸，小凤战篦金飐艳[4]。
舞衣无力风敛，藕丝秋色染[5]。

锦帐绣帏斜掩，露珠清晓簟。
粉心黄蕊[6]花靥[7]，黛眉山两点。

---

1 香玉：头饰。
2 "钿筐"句：钿筐、金粟等头饰交相竞美。
3 "越罗"句：用越罗制成的衣服，如春水。渌(lù)，水之清澈。
4 "小凤"句：小凤，形容篦梳。篦，齿缝极细的梳子。金飐(zhǎn)艳，金光灿烂。
5 "藕丝"句：形容舞衣颜色。
6 粉心黄蕊：面饰（额上）之花色。
7 花靥：面部（颊上）妆饰。

酒泉子

其一

花映柳条，闲向绿萍池上。
凭栏干，窥细浪，雨萧萧。

近来音信两疏索，洞房空寂寞。
掩银屏，垂翠箔[1]，度春宵。

其二

日映纱窗，金鸭[2]小屏山碧。
故乡春，烟霭隔，背兰缸[3]。

宿妆惆怅倚高阁，千里云影薄。
草初齐，花又落，燕双双。

---

1 箔：竹帘。
2 金鸭：镀金的鸭形香炉。
3 背兰缸(gāng)：指熄灭香油灯。背，熄也。兰缸，灯油掺有兰香的灯。

其三

楚女[1]不归，楼枕小河春水。
月孤明，风又起，杏花稀。

玉钗斜簪云鬟髻，裙上金缕凤。
八行书[2]，千里梦，雁南飞。

其四

罗带惹香，犹系别时红豆。
泪痕新，金缕旧，断离肠。

一双娇燕语雕梁，还是去年时节。
绿阴浓，芳草歇，柳花狂。

1 楚女：楚地女子。这里指身世飘零的歌舞女伎。
2 八行书：代指书信。古代信札每页八行。

北宋 / 赵佶 / 桃鸠图

定西番

其一

汉使[1]昔年离别。
攀弱柳[2]，折寒梅[3]，上高台。

千里玉关春雪，雁来人不来。
羌笛一声愁绝，月徘徊。

1 汉使：指出使西番的朝廷使节。整句表边塞人怀念使节之情。
2 攀弱柳：攀折细柳以表赠别。
3 折寒梅：折梅赠远人，以寄思念之情。

其二

海燕[1]欲飞调羽，
萱草绿，杏花红，隔帘栊。

双鬟翠霞金缕[2]，一枝春艳浓。
楼上月明三五[3]，琐窗[4]中。

其三

细雨晓莺春晚。
人似玉，柳如眉，正相思。

罗幕翠帘初卷，镜中花一枝。
肠断塞门消息，雁来稀。

---

1 海燕：燕子，古人认为燕子自海上来，故也称海燕。
2 翠霞金缕：指各种华丽的首饰。翠，绿色。霞，红色。金缕，金丝首饰。
3 三五：指农历十五日，也是满月之日。
4 琐窗：雕刻连琐图案的窗棂。

宋 / 佚名 / 垂杨飞絮图

杨柳枝

其一

宜春苑[1]外最长条[2]，闲袅春风伴舞腰。
正是玉人肠绝处，一渠春水赤栏桥。

其二

南内[3]墙东御路傍，须知春色柳丝黄。
杏花未肯无情思，何事行人最断肠？

其三

苏小[4]门前柳万条，毵毵金线[5]拂平桥。
黄莺不语东风起，深闭朱门伴舞腰。

---

1 宜春苑：古代苑名，唐代为教坊乐伎所居之地。
2 长条：指柳条。
3 南内：唐时兴庆宫。
4 苏小：苏小小。南齐时钱塘名妓。
5 毵毵（sān）金线：形容细长的枝叶。

其四

金缕毵毵碧瓦沟，六宫眉黛惹香愁。
晚来更带龙池雨，半拂栏干半入楼。

其五

馆娃宫[1]外邺城[2]西，远映征帆近拂堤。
系得王孙归意切，不关芳草绿萋萋。

其六

两两黄鹂色似金，袅枝啼露动芳音。
春来幸自[3]长如线，可惜[4]牵缠荡子心。

1 馆娃宫：春秋时吴国宫殿名，相传是吴王夫差为西施所筑。
2 邺城：三国时魏都，曹操于此筑铜雀台。
3 幸自：本自。
4 可惜：可爱。

其七

御柳[1]如丝映九重[2]，凤凰窗[3]映绣芙蓉。
景阳楼畔千条路，一面新妆等晓风。

其八

织锦机边莺语频，停梭垂泪忆征人。
塞门三月犹萧索，纵有垂杨未觉春。

---

1 御柳：皇宫中的柳树。
2 九重：指皇宫，言宫禁深远。
3 凤凰窗：宫内凤凰雕饰的窗户。

宋 / 佚名 / 海棠蛱蝶图

南歌子

其一

手里金鹦鹉，胸前绣凤凰。
偷眼暗形相[1]，不如从嫁与，作鸳鸯。

其二

似带如丝柳[2]，团酥握雪花[3]。
帘卷玉钩斜，九衢[4]尘欲暮，逐香车。

其三

鬓堕低梳髻，连娟细扫眉。
终日两相思，为君憔悴尽，百花时。

---

1 形相：端详、打量。
2 似带如丝柳：喻美人窈窕如柳。
3 团酥握雪花：形容美人白皙如雪。
4 九衢（qú）：四通八达的道路。

其四

脸上金霞细，眉间翠钿深。
欹[1]枕覆鸳衾，隔帘莺百啭，感君心。

其五

扑蕊[2]添黄子，呵花满翠鬟。
鸳枕映屏山，月明三五夜，对芳颜。

其六

转眄[3]如波眼，娉婷似柳腰。
花里暗相招，忆君肠欲断，恨春宵。

其七

懒拂鸳鸯枕，休缝翡翠裙。
罗帐罢炉熏，近来心更切，为思君。

---

1 欹（qī）：倾斜。
2 扑蕊：取花蕊以饰额背。
3 转眄（miǎn）：形容转头颔首偷看。眄，斜视。

唐 / 张萱 / 捣练图（局部）（宋徽宗 摹）

河渎神

其一

河上望丛祠[1]，庙前春雨来时。
楚山无限鸟飞迟，兰棹[2]空伤别离。

何处杜鹃啼不歇，艳红开尽如血[3]。
蝉鬓美人愁绝，百花芳草佳节。

其二

孤庙对寒潮，西陵[4]风雨萧萧。
谢娘惆怅倚兰桡[5]，泪流玉箸[6]千条。

暮天愁听思归乐[7]，早梅香满山郭。
回首两情萧索，离魂何处飘泊。

---

1 丛祠：乡野林间的神祠。
2 兰棹：泛指精美的船。
3 艳红开尽如血：形容杜鹃花开得灿烂。
4 西陵：西陵峡。长江三峡之一。
5 兰桡：兰桨。代指船。
6 玉箸：比喻眼泪。
7 思归乐：杜鹃鸟的别名。其鸣声似“不如归去”。

其三

铜鼓赛神来，[1]满庭幡盖徘徊。
水村江浦过风雷[2]，楚山如画烟开。

离别橹声空萧索，玉容惆怅妆薄。
青麦[3]燕飞落落，卷帘愁对珠阁。

---

1 铜鼓赛神来：鸣铜鼓以酬神。赛神，旧俗还愿酬神活动。
2 过风雷：形容赛会锣鼓喧天、鞭炮齐鸣的场面。
3 青麦：青麦时节，约在三月。

宋 / 佚名 / 梨花鹦鹉图

女冠子

其一

含娇含笑，宿翠残红[1]窈窕，鬓如蝉。
寒玉簪秋水，[2]轻纱卷碧烟[3]。

雪胸鸾镜里，琪树凤楼前[4]。
寄语青娥伴，早求仙。

其二

霞帔云发[5]，钿镜仙容似雪，画愁眉。
遮语回轻扇，含羞下绣帏。

玉楼相望久，花洞[6]恨来迟。
早晚乘鸾去[7]，莫相遗。

---

1 宿翠残红：写女子隔夜残妆。
2 寒玉簪秋水：写玉簪冷如秋水。
3 轻纱卷碧烟：写衣衫轻柔如碧烟。
4 琪树凤楼前：如玉树倚楼。琪树，玉树。
5 云发：鬓发如云。
6 花洞：道人修仙之居。
7 乘鸾去：指成仙。

玉蝴蝶

秋风凄切伤离，行客未归时。
塞外草先衰，江南雁到迟。

芙蓉凋嫩脸，[1] 杨柳堕新眉。
摇落使人悲，断肠谁得知。

1 芙蓉凋嫩脸：青春的脸庞却憔悴如芙蓉凋谢。

清平乐

其一

上阳[1]春晚，宫女愁蛾浅。
新岁清平思同辇[2]，争那[3]长安路远。

凤帐鸳被徒熏，寂寞花锁千门。
竞把黄金买赋[4]，为妾将上明君。

其二

洛阳愁绝，杨柳花飘雪。
终日行人恣[5]攀折，桥下水流呜咽。

上马争劝离觞[6]，南浦[7]莺声断肠。
愁杀平原年少，回首挥泪千行。

---

1 上阳：唐代位于洛阳的宫殿。
2 辇（niǎn）：天子所乘之车。同辇即与皇帝同车。
3 争那：怎奈。争，怎。
4 黄金买赋：汉武帝陈皇后失宠，以黄金百斤请司马相如作《长门赋》，呈武帝使之回心转意。
5 恣：任意。
6 离觞（shāng）：指离别酒。
7 南浦：代指送别地。

遐方怨

其一

凭绣槛，解罗帏。
未得君书，肠断，潇湘春雁飞。
不知征马几时归？
海棠花谢也，雨霏霏。

其二

花半坼[1]，雨初晴。
未卷珠帘，梦残，惆怅闻晓莺。
宿妆眉浅粉山横。
约鬟鸾镜里，绣罗轻。

---

1 坼（chè）：绽裂。

宋 / 李嵩 / 花篮图

诉衷情

莺语，花舞，春昼午，雨霏微。
金带枕[1]，宫锦，凤凰帏。
柳弱蝶交飞，依依。
辽阳[2]音信稀，梦中归。

---

1 金带枕：以金带为饰的枕头。据说曹植曾心属甄氏，曹丕为帝，以甄氏为皇后，甄亡故，曹丕以甄后金带枕示曹植，曹植睹物流泪。

2 辽阳：地名，今辽宁省辽阳县西北。此处泛指边塞。

思帝乡

花花，满枝红似霞。
罗袖画帘肠断，卓[1]香车。
回面共人闲语，战篦金凤斜。
唯有阮郎[2]春尽，不归家。

---

1 卓：立。
2 阮郎：阮肇，东汉人。传说他与刘晨入山采药迷路，遇两位仙女，结良缘，半年后返乡，世间已过数百年。这里借指不归者。

梦江南

其一

千万恨，恨极在天涯。
山月不知心里事，水风空落眼前花，
摇曳碧云斜。

其二

梳洗罢，独倚望江楼。
过尽千帆皆不是，斜晖脉脉水悠悠，
肠断白蘋洲。

河传

其一

江畔，相唤，晓妆鲜，仙景个女采莲。
请君莫向那岸边，少年，好花新满船。

红袖摇曳逐风暖，垂玉腕，肠向柳丝断。
浦南归？浦北归？莫知，晚来人已稀。

其二

湖上，闲望，雨萧萧，烟浦花桥路遥。
谢娘翠蛾愁不消，终朝[1]，梦魂迷晚潮。

荡子天涯归棹远，春已晚，莺语空肠断。
若耶溪[2]，溪水西，柳堤，不闻郎马嘶。

---

1 终朝：一整天。
2 若耶溪：溪名，传说西施曾在此浣沙。

其三

同伴，相唤，杏花稀。
梦里每愁依违[1]，仙客一去燕已飞。
不归，泪痕空满衣。

天际云鸟引晴远[2]，春已晚，烟霭渡南苑。
雪梅香，柳带长，小娘[3]，转令人意伤。

1 依违：本义为犹豫、迟疑不决。这里引申为人世离合的愁绪。
2 引晴远：宋代晁谦之校刻本等为“引情远”，皆可通。
3 小娘：指少女。

南宋 / 赵孟坚 / 水仙图（局部）

番女怨

其一

万枝香雪[1]开已遍，细雨双燕。
钿蝉筝[2]，金雀扇[3]，画梁[4]相见。
雁门消息不归来，又飞回。

其二

碛南沙上[5]惊雁起，飞雪千里。
玉连环，金镞箭，[6]年年征战。
画楼离恨锦屏空，杏花红。

---

1 香雪：杏花。
2 钿蝉筝：饰以金蝉的筝。
3 金雀扇：画以金雀的扇。
4 画梁：彩绘的屋梁。此处指燕栖之地。
5 碛（qì）南沙上：沙漠。
6 玉连环、金镞箭：皆征人所用物品。

荷叶杯

其一

一点露珠凝冷，波影。
满池塘，绿茎红艳两相乱。
肠断，水风凉。

其二

镜水夜来秋月，如雪。
采莲时，小娘[1]红粉对寒浪。
惆怅，正思惟。

其三

楚女欲归南浦，朝雨。
湿愁红，小船摇漾入花里。
波起，隔西风。

---

1 红粉：指采莲少女（小娘）的面颊。

宋 / 佚名 / 出水芙蓉图

皇甫松　十二首

皇甫松，字子奇，晚唐词人。
睦州新安（今浙江淳安）人，
出生于仕宦家庭，生卒年不详。

天仙子

其一

晴野鹭鸶飞一只，水葓[1]花发秋江碧。
刘郎[2]此日别天仙，登绮席，泪珠滴，
十二晚峰[3]高历历。

其二

踯躅花[4]开红照水，鹧鸪飞绕青山觜[5]。
行人经岁始归来，千万里，错相倚，
懊恼天仙应有以[6]。

---

1 水葓（hóng）：即水荭，又称荭草，夏秋开花，可观赏。
2 刘郎：即刘晨，与阮肇入山采药遇仙事，参温庭筠《思帝乡》注。
3 十二晚峰：即巫山十二峰。
4 踯躅（zhí zhú）花：形似杜鹃花。
5 山觜（zuǐ）：山入口处。
6 有以：有缘由。

元（南宋末）/ 任仁发 / 大豆图

浪淘沙

其一

滩头细草接疏林，浪恶罾船[1]半欲沉。
宿鹭眠鸥飞旧浦，去年沙觜[2]是江心。

其二

蛮歌[3]豆蔻[4]北人愁，蒲雨杉风野艇秋。
浪起䴔䴖[5]眠不得，寒沙细细入江流。

---

1 罾（zēng）船：渔船。罾，鱼网。
2 沙觜：即沙嘴。沙洲临水处。
3 蛮歌：南方少数民族的歌。
4 豆蔻：植物名，此指南方少女唱“豆蔻”之歌。
5 䴔䴖（jiāo jīng）：水鸟名。

杨柳枝

其一

春入行宫映翠微，玄宗侍女舞烟丝[1]。
如今柳向空城绿，玉笛何人更把吹[2]。

其二

烂漫春归水国时，吴王宫殿柳丝垂。
黄莺长叫空闺畔，西子无因更得知。

---

1 舞烟丝：舞姿柔如烟丝。

2 玉笛何人更把吹：意为何人再把玉笛吹。唐玄宗曾亲把玉笛，吹《杨柳枝》调。

摘得新

其一

酌一卮[1]，须教玉笛吹。
锦筵红蜡烛，莫来迟。
繁红一夜经风雨，是空枝。

其二

摘得新，枝枝叶叶春。
管弦兼美酒，最关人[2]。
平生都得几十度，展香茵。

1 卮（zhī）：酒器。
2 最关人：最牵动情思。

元 / 赵孟頫 / 竹石幽兰图卷（局部）

梦江南

其一

兰烬[1]落，屏上暗红蕉。
闲梦江南梅熟日，夜船吹笛雨萧萧，
人语驿边桥。

其二

楼上寝，残月下帘旌。
梦见秣陵[2]惆怅事，桃花柳絮满江城，
双髻[3]坐吹笙。

---

1 兰烬：用兰脂燃的灯烛灭了。
2 秣（mò）陵：古金陵别名。
3 双髻：古代少女发型。此代指少女。

采莲子

其一

菡萏[1]香莲十顷陂[2][举棹][3]，
小姑贪戏采莲迟[年少]。
晚来弄水船头湿[举棹]，
更脱红裙裹鸭儿[年少]。

其二

船动湖光滟滟秋[举棹]，
贪看年少[4]信船流[5][年少]。
无端隔水抛莲子[举棹]，
遥被人知半日羞[年少]。

---

1 菡萏（hàn dàn）：荷花。
2 陂：沼池。
3 举棹（zhào）：唱词时的和声。下文“年少”同此。
4 年少：少年。
5 信船流：任船随波逐流。

北宋 / 卫昇 / 写生紫薇

韦庄

四十八首

韦庄（836—910），字端己，生于唐末的长安，唐代大诗人韦应物之四世孙。早年屡试不第，乾宁元年（894）考取进士后奉使入蜀，后王建称帝建前蜀政权，韦庄任前蜀宰相。韦庄是唐末诗坛领袖人物，其词亦成就斐然，与温庭筠齐名，同为“花间派”代表作家。

五代 / 周文矩 / 西子浣纱图

浣溪沙

其一

清晓妆成寒食天[1]，柳球[2]斜袅间花钿[3]，
卷帘直出画堂前。

指点牡丹初绽朵，日高犹自凭朱栏，
含嚬[4]不语恨春残。

---

1 寒食天：即寒食节这天。寒食节，在农历清明节前一两天，古俗此日不生火做饭，吃冷食。

2 柳球：细柳枝做成的饰品。

3 花钿：头饰或一种花型的额妆。

4 含嚬：皱眉。

其二

欲上秋千四体慵[1]，拟教人送又心忪[2]，
画堂帘幕月明风。

此夜有情谁不极[3]？隔墙梨雪[4]又玲珑，
玉容憔悴惹微红。

其三

惆怅梦余山月斜，孤灯照壁背窗纱，
小楼高阁谢娘家。

暗想玉容何所似，一枝春雪冻梅花，
满身香雾簇[5]朝霞。

---

1 慵：倦怠。
2 心忪：惶恐、惊惧。
3 不极：不尽（其情）。
4 梨雪：梨花似雪。
5 簇：聚也，簇拥。

其四

绿树藏莺莺正啼，柳丝斜拂白铜堤[1]，
弄珠江上草萋萋。

日暮饮归何处客，绣鞍骢马[2]一声嘶，
满身兰麝醉如泥。

其五

夜夜相思更漏残[3]，伤心明月凭栏干，
想君思我锦衾寒。

咫尺画堂深似海，忆来唯把旧书[4]看，
几时携手入长安。

---

1 白铜堤：古襄阳堤名。此处泛指堤岸。
2 骢（cōng）马：青白杂色马。
3 更漏残：谓夜将尽。更漏，古代计时器具。
4 旧书：指往日书信。

元 / 钱选 / 八花图卷（局部）

菩萨蛮

其一

红楼别夜堪惆怅，香灯半卷流苏帐。
残月出门时，美人和泪辞。

琵琶金翠羽[1]，弦上黄莺语[2]。
劝我早归家，绿窗人似花。

其二

人人尽说江南好，游人只合[3]江南老。
春水碧于天，画船听雨眠。

垆边人[4]似月，皓腕凝双雪。
未老莫还乡，还乡须断肠。

---

1 金翠羽：琵琶上嵌金点翠的装饰。
2 “弦上”句：形容琵琶声如黄莺啼鸣。
3 只合：只应、只当。
4 垆边人：指卓文君，此泛指美人，典出汉代卓文君当垆卖酒事。垆，古代酒店放置酒坛的土台子。

其三

如今却忆江南乐，当时年少春衫薄。
骑马倚斜桥，满楼红袖[1]招。

翠屏金屈曲[2]，醉入花丛宿。
此度见花枝，白头誓不归。

其四

劝君今夜须沉醉，樽前莫话明朝事。
珍重主人心，酒深情亦深。

须愁春漏短[3]，莫诉金杯满。
遇酒且呵呵，人生能几何。

---

1 红袖：此指伎馆中的美女。
2 金屈曲：屏风折叠处镀金的环钮。
3 春漏短：春夜短。

其五

洛阳城里春光好，洛阳才子他乡老。
柳暗魏王堤[1]，此时心转迷。

桃花春水渌[2]，水上鸳鸯浴。
凝恨对残晖，忆君君不知。

1 魏王堤：洛阳名胜之一。
2 渌：清澈。

明 / 朱瞻基 / 莲浦松吟荫图卷（局部）

归国遥

其一

春欲暮，满地落花红带雨。
惆怅玉笼鹦鹉，单栖无伴侣。
南望去程何许，问花花不语。
早晚得同归去，恨无双翠羽[1]。

其二

金翡翠[2]，为我南飞传我意。
罨画[3]桥边春水，几年花下醉。
别后只知相愧，泪珠难远寄。
罗幕绣帏鸳被，旧欢如梦里。

---

1 双翠羽：双翅。

2 金翡翠：传说中能传信的青鸟。

3 罨（yǎn）画：彩画。形容春水如画。

其三

春欲晚，戏蝶游蜂花烂熳。
日落谢家池馆，柳丝金缕断。
睡觉绿鬟风乱，画屏云雨散。
闲倚博山长叹，泪流沾皓腕。

应天长

其一

绿槐阴里黄莺语，深院无人春昼午。
画帘垂，金凤舞[1]，寂寞绣屏香一炷。
碧天云，无定处，空有梦魂来去。
夜夜绿窗风雨，断肠君信否？

其二

别来半岁音书绝，一寸离肠千万结。
难相见，易相别，又是玉楼花似雪。
暗相思，无处说，惆怅夜来烟月。
想得此时情切，泪沾红袖黦[2]。

1 金凤舞：帘上绘的金凤，随吹而舞。
2 黦（yuè）：黑黄色斑纹。此处指袖上泪痕。

明／唐寅／红叶题诗仕女图

荷叶杯

其一

绝代佳人难得，倾国，花下见无期。
一双愁黛远山眉，不忍更思惟[1]。

闲掩翠屏金凤，残梦，罗幕画堂空。
碧天无路信难通，惆怅旧房栊[2]。

其二

记得那年花下，深夜，初识谢娘时。
水堂西面画帘垂，携手暗相期。

惆怅晓莺残月，相别，从此隔音尘。
如今俱是异乡人，相见更无因。

---

1 思惟：相思。
2 房栊：窗户。

清平乐

其一

春愁南陌，故国音书隔。
细雨霏霏梨花白，燕拂画帘金额[1]。

尽日相望王孙，尘满衣上泪痕。
谁向桥边吹笛，驻马西望消魂。

其二

野花芳草，寂寞关山道。
柳吐金丝莺语早，惆怅香闺暗老。

罗带悔结同心，独凭朱栏思深。
梦觉半床斜月，小窗风触鸣琴。

---

1 金额：金线装饰的帘额。

其三

何处游女，蜀国多云雨。
云解有情花解语，窣地[1]绣罗金缕。

妆成不整金钿，含羞待月秋千。
住在绿槐阴里，门临春水桥边。

其四

莺啼残月，绣阁香灯灭。
门外马嘶郎欲别，正是落花时节。

妆成不画蛾眉，含愁独倚金扉。
去路香尘莫扫，扫即郎去归迟。

1 窣地：拂地。

望远行

欲别无言倚画屏，含恨暗伤情。
谢家庭树锦鸡鸣，残月落边城。

人欲别，马频嘶，绿槐千里长堤。
出门芳草路萋萋，云雨别来易东西。
不忍别君后，却入旧香闺。

谒金门

其一

春漏促，金烬暗挑残烛。
一夜帘前风撼竹，梦魂相断续。

有个娇娆如玉，夜夜绣屏孤宿。
闲抱琵琶寻旧曲，远山眉黛绿。

其二

空相忆，无计得传消息。
天上嫦娥人不识，寄书何处觅。

新睡觉来无力，不忍把伊书迹。
满院落花春寂寂，断肠芳草碧。

蓮花冠子道人衣日侍君王宴
紫微花柳不知人已去年年鬬綠
與爭緋
蜀後主每於宮中裹小巾命宮妓
衣道衣冠蓮花冠日尋花柳以
侍酣宴蜀之謡已溢耳矣而主之
不挹注之竟至濫觴俾後想搖
頭之令不無扼腕唐寅

明/唐寅/王蜀宫妓图

江城子

其一

恩重娇多情易伤，漏更长，解鸳鸯[1]。
朱唇未动，先觉口脂香。
缓揭绣衾抽皓腕，移凤枕，枕潘郎[2]。

其二

髻鬟狼籍黛眉长，出兰房，别檀郎[3]。
角声呜咽，星斗渐微茫。
露冷月残人未起，留不住，泪千行。

---

1 解鸳鸯：解开绣着鸳鸯的里衣。
2 潘郎：东晋美男子潘岳，美男子的泛称。
3 檀郎：即潘郎，美男子的泛称。

河传

其一

何处？烟雨，隋堤春暮，柳色葱笼。
画桡金缕，[1]翠旗高飐[2]香风，水光融。

青娥殿脚[3]春妆媚，轻云里，绰约司花妓[4]。
江都[5]宫阙，清淮月映迷楼[6]，古今愁。

其二

春晚，风暖，锦城花满，狂杀[7]游人。
玉鞭金勒，寻胜驰骤轻尘，惜良晨。

翠娥争劝临邛酒[8]，纤纤手，拂面垂丝柳。
归时烟里，钟鼓正是黄昏，暗消魂。

---

1 画桡金缕：指精致的游船。画桡，彩绘的桨。金缕，船的装饰物。
2 飐：因风吹而颤动。
3 青娥殿脚：为隋炀帝挽舟的美女，名曰“殿脚女”。
4 司花妓：为隋炀帝持花的女官。
5 江都：隋炀帝行宫所在地。今江苏省扬州市。
6 迷楼：隋炀帝宫名。在今扬州市西北。
7 狂杀：欢喜若狂。杀，表示极度。
8 临邛（qióng）酒：汉代司马相如与卓文君在临邛卖过酒，后代指美酒。

其三

锦浦，春女，绣衣金缕，雾薄云轻。
花深柳暗，时节正是清明，雨初晴。

玉鞭魂断烟霞路，莺莺语，一望巫山雨[1]。
香尘隐映，遥见翠槛红楼，黛眉愁。

1 巫山雨：即巫山云雨，指男女欢爱之事。

明 / 陈洪绶 / 花鸟精品册（其一）

天仙子

其一

帐望前回梦里期，看花不语苦寻思。
露桃花里小腰肢，
眉眼细，鬓云垂，唯有多情宋玉[1]知。

其二

深夜归来长酩酊，扶入流苏犹未醒，
醺醺酒气麝兰和。
惊睡觉，笑呵呵，长道人生能几何。

其三

蟾彩霜华[2]夜不分，天外鸿声枕上闻，
绣衾香冷懒重薰。
人寂寂，叶纷纷，才睡依前梦见君。

---

1 宋玉：战国时期楚国文学家，作品《神女赋》和《登徒子好色赋》多有对美女的描写。

2 蟾彩霜华：写月下秋景。蟾彩，月光。霜华，霜色。

其四

梦觉云屏[1]依旧空，杜鹃声咽隔帘栊，
玉郎薄幸去无踪。
一日日，恨重重，泪界莲腮两线红。

其五

金似衣裳玉似身，眼如秋水鬓如云，
霞裙月帔一群群。
来洞口，望烟分，刘阮[2]不归春日曛。

1 云屏：玉制屏风。
2 刘阮：用刘晨、阮肇入山采药遇仙事。

明 / 陈洪绶 / 花鸟精品册（其一）

喜迁莺

其一

人汹汹[1]，鼓冬冬，襟袖五更风。
大罗天[2]上月朦胧，骑马上虚空[3]。

香满衣，云满路，鸾凤绕身飞舞。
霓旌绛节一群群，引见玉华君[4]。

其二

街鼓动，禁城开，天上[5]探人[6]回。
凤衔金榜出云来，平地一声雷。

莺已迁[7]，龙已化，一夜满城车马。
家家楼上簇神仙，争看鹤冲天。

---

1 汹汹：形容人声鼎沸、声势浩大。
2 大罗天：道家所谓诸天最高者。此处指朝廷。
3 上虚空：此处指进宫上朝。
4 玉华君：此处代指皇帝。
5 天上：指朝廷。
6 探人：入朝看榜的人，或传殿试的朝廷使者。
7 莺已迁：比喻科举考中。下文“龙已化”“鹤冲天”同。

思帝乡

其一

云髻坠，凤钗垂。
髻坠钗垂无力，枕函[1]欹[2]。
翡翠屏深月落，漏依依。
说尽人间天上，两心知。

其二

春日游，杏花吹满头。
陌上谁家年少，足风流。
妾拟将身嫁与，一生休[3]。
纵被无情弃，不能羞。

---

1 枕函：枕套。
2 欹（qī）：斜。指人无力斜倚枕上。
3 一生休：此生足矣。

明 / 陈洪绶 / 花鸟精品册（其一）

诉衷情

其一

烛烬香残帘半卷，梦初惊。
花欲谢，深夜，月胧明。
何处按歌声，轻轻。
舞衣尘暗生，负春情。

其二

碧沼红芳烟雨静，倚兰桡。
垂玉佩，交带，袅纤腰。
鸳梦隔星桥[1]，迢迢。
越罗[2]香暗消，坠花翘[3]。

---

1 星桥：银河。
2 越罗：越地的绫罗，此为女子衣服的美称。
3 花翘：头饰。

上行杯

其一

芳草灞陵[1]春岸，柳烟深，满楼弦管，
一曲离声肠寸断。
今日送君千万，红缕玉盘金镂盏。
须劝珍重意，莫辞满。

其二

白马玉鞭金辔，少年郎，离别容易，
迢递去程千万里。
惆怅异乡云水，满酌一杯劝和泪。
须愧，珍重意，莫辞醉。

---

1 灞陵：古地名，长安城东。汉以后常以此为送客离别之地。

明 / 项圣谟 / 花卉十开（其一）

明 / 项圣谟 / 花卉十开（其一）

女冠子

其一

四月十七，正是去年今日，
别君时。
忍泪佯低面，含羞半敛眉。

不知魂已断，空有梦相随。
除却天边月，没人知。

其二

昨夜夜半，枕上分明梦见，
语多时。
依旧桃花面，频低柳叶眉。

半羞还半喜，欲去又依依。
觉来知是梦，不胜悲。

更漏子

钟鼓寒，楼阁暝[1]，月照古桐金井[2]。
深院闭，小庭空，落花香露红。

烟柳重，春雾薄，灯背水窗高阁。
闲倚户，暗沾衣，待郎郎不归。

酒泉子

月落星沉，楼上美人春睡。
绿云[3]倾，金枕腻，画屏深。

子规啼破相思梦，曙色东方才动。
柳烟轻，花露重，思难任[4]。

---

1 暝（míng）：晦暗。
2 金井：有雕栏的井。
3 绿云：美人发髻。
4 思难任：相思难以忍受。

清 / 朱耷 / 花鸟山水册（其一）

清 / 朱耷 / 花鸟山水册（其一）

木兰花

独上小楼春欲暮，愁望玉关芳草路。
消息断，不逢人，却敛细眉归绣户。

坐看落花空叹息，罗袂湿斑红泪滴。
千山万水不曾行，魂梦欲教何处觅。

小重山

一闭昭阳[1]春又春，夜寒宫漏永，梦君恩。
卧思陈事暗消魂，罗衣湿，红袂有啼痕。

歌吹隔重阍[2]，绕庭芳草绿，倚长门。
万般惆怅向谁论，凝情立，宫殿欲黄昏。

---

1 昭阳：汉代昭阳殿。此泛指宫女住处。
2 重阍（hūn）：重重宫门。

宋 / 李大忠（传） / 秋葵图

薛昭蕴

十九首

薛昭蕴，生卒年不详。仕前蜀，官至侍郎。

浣溪沙

其一

红蓼渡头秋正雨，印沙鸥迹自成行。
整鬟飘袖野风香。

不语含颦深浦里，几回愁煞棹船郎[1]。
燕归帆尽水茫茫。

其二

钿匣菱花[2]锦带垂，静临兰槛卸头时[3]。
约鬟低珥[4]算归期。

茂苑草青湘渚阔，梦余空有漏依依。
二年终日损芳菲[5]。

---

1 棹船郎：船夫。
2 钿匣菱花：金饰妆盒、菱花镜。
3 卸头时：卸妆时。
4 珥：珥珰。冠上的垂珠。
5 损芳菲：意指青春逝去，芳容渐衰。

其三

粉上依稀有泪痕，郡庭[1]花落欲黄昏。
远情深恨与谁论。

记得去年寒食日，延秋门[2]外卓金轮[3]。
日斜人散暗消魂。

其四

握手河桥柳似金，蜂须轻惹百花心。
蕙风兰思[4]寄清琴。

意满便同春水满，情深还似酒杯深。
楚烟湘月两沉沉。

---

1 郡庭：郡斋之庭。
2 延秋门：唐长安禁苑中宫庭门。
3 卓金轮：指停车。卓，立。金轮，车轮。
4 蕙风兰思：蕙、兰皆为香草。喻女子纯美的情思。

其五

帘下三间出寺墙，满街垂杨绿阴长。
嫩红轻翠间浓妆。

瞥地见时犹可可[1]，却来闲处暗思量。
如今情事隔仙乡。

其六

江馆清秋揽客船，故人相送夜开筵。
麝烟兰焰簇花钿[2]。

正是断魂迷楚雨，不堪离恨咽湘弦。
月高霜白水连天。

---

1 可可：不在意。
2 簇花钿：聚集着盛妆的女子。

其七

倾国倾城恨有余，几多红泪泣姑苏。
倚风凝睇雪肌肤。

吴主[1]山河空落日[2]，越王[3]宫殿半平芜。
藕花菱蔓满重湖[4]。

其八

越女淘金春水上，步摇[5]云鬟佩鸣珰。
渚风江草又清香。

不为远山凝翠黛，只应含恨向斜阳。
碧桃花谢忆刘郎[6]。

1 吴主：吴王夫差。
2 落日：此喻亡国。
3 越王：越王勾践。越先为吴所败，越国献西施于吴求和，后卧薪尝胆终于灭吴。
4 重湖：大湖。
5 步摇：妇女的首饰。
6 刘郎：本指东汉刘晨，这里代指情郎。

清 / 居廉 / 花卉奇石（其一）

喜迁莺

其一

残蟾[1]落，晓钟鸣，羽化[2]觉身轻。
乍无春睡有余酲[3]，杏苑[4]雪初晴。

紫陌[5]长，襟袖冷，不是人间风景。
回看尘土似前生，休羡谷中莺[6]。

---

1 残蟾：残月。
2 羽化：修道成仙。有登科蜕变之意。
3 余酲（chéng）：余醉。
4 杏苑：杏园。唐人举进士，在杏园聚会。
5 紫陌：禁城的道路。
6 谷中莺：喻隐居未仕者。

其二

金门[1]晓，玉京[2]春，骏马骤轻尘。
桦烟[3]深处白衫[4]新，认得化龙身[5]。

九陌喧，千户启，满袖桂香[6]风细。
杏园欢宴曲江滨，自此占芳辰。

其三

清明节，雨晴天，得意正当年。
马骄泥软绵连乾[7]，香袖半笼鞭。

花色融，人竞赏，尽是绣鞍朱鞅[8]。
日斜无计更留连，归路草和烟。

---

1 金门：汉代金马门。代称官署。
2 玉京：京城。
3 桦烟：桦木皮卷蜡作烛称桦烛，其烟称桦烟。
4 白衫：唐时士子穿的便服。
5 化龙身：指科举及第。
6 桂香：古代以折桂喻科举登第。
7 连乾：马饰。
8 绣鞍朱鞅：马饰。鞅，套在马颈上的皮带。

小重山

其一

春到长门[1]春草青，玉阶华露滴，月胧明。
东风吹断紫箫声，宫漏促，帘外晓啼莺。

愁极梦难成，红妆流宿泪，不胜情。
手挼[2]裙带绕阶行，思君切，罗幌[3]暗尘生。

其二

秋到长门秋草黄，画梁双燕去，出宫墙。
玉箫无复理霓裳[4]，金蝉[5]坠，鸾镜掩休妆[6]。

忆昔在昭阳[7]，舞衣红绶带，绣鸳鸯。
至今犹惹御炉香，魂梦断，愁听漏更长。

---

1 长门：汉武帝时陈皇后失宠，居长门宫。此代指弃妇居所。
2 挼（ruó）：揉搓。
3 罗幌：丝罗帏帐。
4 霓裳：指古代乐曲《霓裳羽衣曲》。
5 金蝉：金制蝉形头饰。
6 休妆：美好的妆饰。
7 昭阳：昭阳殿。

明 / 陈淳 / 花卉图（其一）

离别难

宝马晓鞴[1]雕鞍，罗帏乍别情难。
那堪春景媚，送君千万里。
半妆[2]珠翠落，露华寒。
红蜡烛，青丝曲，偏能钩引泪阑干。

良夜促，香尘绿，魂欲迷，檀眉[3]半敛愁低。
未别心先咽，欲语情难说。
出芳草，路东西。
摇袖立，春风急，樱花杨柳雨凄凄。

1 鞴（bèi）：为马备鞍辔。
2 半妆：指妆饰零落。
3 檀眉：香眉。

相见欢

罗襦绣袂香红，画堂中。
细草平沙番马，[1] 小屏风。

卷罗幕，凭妆阁，思无穷。
暮雨轻烟魂断，隔帘栊。

醉公子

慢绾 [2] 青丝发，光砑 [3] 吴绫袜。
床上小熏笼，韶州新退红 [4]。

叵耐 [5] 无端处，捻得从头污。
恼得眼慵开，问人闲事来。

---

1 “细草”句：指女子凝视屏风上的细草、沙滩、奔马……
2 绾（wǎn）：盘（头发）。
3 砑（yà）：以石碾压布帛使之光泽。
4 退红：韶州所产的一种红色染织颜料。
5 叵（pǒ）耐：口语词，如可恶、讨厌。后四句为嗔醉公子语。

明／仇英／汉宫春晓图（局部）

女冠子

其一

求仙去也，翠钿金篦尽舍，入喦[1]峦。
雾卷黄罗帔，云雕白玉冠。

野烟溪洞冷，林月石桥寒。
静夜松风下，礼天坛[2]。

其二

云罗雾縠[3]，新授明威法箓[4]，降真函。
髻绾青丝发，冠抽碧玉篸。

往来云过五[5]，去住岛经三。
正遇刘郎[6]使，启瑶缄[7]。

---

1 喦（yán）：同“岩”。
2 礼天坛：登坛拜天。一种道家仪式。
3 云罗雾縠（hú）：如云般的绫罗，如薄雾般的纱。縠，有皱纹的纱。
4 法箓（lù）：道家的图籍或天神所赐的符命。
5 云过五：经过五片云。
6 刘郎：即汉代刘晨。参温庭筠《思帝乡》注。
7 瑶缄（jiān）：对来函的美称。

谒金门

春满院，叠损[1]罗衣金线。
睡觉水晶帘未卷，檐前双语燕。

斜掩金铺[2]一扇，满地落花千片。
早是相思肠欲断，忍教频梦见。

1 叠损：指和衣而睡，揉皱了衣服。
2 金铺：门上兽面形铜制环钮，用以衔环。

宋 / 佚名 / 秋花图页

牛峤 三十二首

牛峤，字松卿，生卒年不详。唐末进士，曾任尚书郎。后入蜀，仕前蜀，曾任给事中。

柳枝

其一

解冻风[1]来末上青，解垂罗袖拜卿卿。
无端袅娜临官路，舞送行人过一生。

其二

吴王宫里色偏深，一簇纤条万缕金。
不愤钱塘苏小小[2]，引郎松下结同心。

其三

桥北桥南千万条，恨伊张绪[3]不相饶。
金羁白马[4]临风望，认得杨家静婉[5]腰。

---

1 解冻风：春风。
2 苏小小：南齐钱塘名妓。有诗写苏小小“何处结同心，西陵松柏下”，故不服气苏小小引郎结同心为何不在柳树下而在松柏下。
3 张绪：南齐武帝曾将杨柳比清雅风流之张绪。
4 金羁白马：指少年公子。
5 杨家静婉：应为羊家净婉。指南朝梁代羊侃家舞女张净婉，以腰细著称。

其四

狂雪[1]随风扑马飞，惹烟无力被春欺。
莫教移入灵和殿[2]，宫女三千又妒伊[3]。

其五

袅翠笼烟拂暖波，舞裙新染曲尘[4]罗。
章华台[5]畔隋堤上，傍得春风尔许多。

---

1 狂雪：这里指柳絮。
2 灵和殿：齐武帝曾在灵和殿前植柳。
3 伊：指柳树。
4 曲尘：酒曲所生的细菌，呈深黄色，喻柳色。
5 章华台：楚灵王所筑之台。

明 / 仇英 / 汉宫春晓图（局部）

女冠子

其一

绿云高髻，点翠匀红时世[1]。
月如眉，浅笑含双靥[2]，低声唱小词。

眼看唯恐化[3]，魂荡欲相随。
玉趾回娇步，约佳期。

其二

锦江烟水，卓女[4]烧春[5]浓美。
小檀霞，[6]绣带芙蓉帐，金钗芍药花。

额黄侵腻发，臂钏透红纱。
柳暗莺啼处，认郎家。

---

1 时世：时尚妆，入时之妆。
2 双靥：两个酒窝。
3 化：羽化登仙。
4 卓女：本指卓文君，此处泛指美女。
5 烧春：酒名。
6 小檀霞：借檀之浅红、清香来喻服饰如檀霞。

其三

星冠霞帔，住在蕊珠宫里。
佩玎珰。明翠摇蝉翼，纤珪[1]理宿妆。

醮[2]坛春草绿，药院杏花香。
青鸟传心事，寄刘郎。

其四

双飞双舞，春昼后园莺语，卷罗帏。
锦字书[3]封了，银河雁过迟。

鸳鸯排宝帐，豆蔻绣连枝。[4]
不语匀珠泪，落花时。

---

1 纤珪：如玉般的纤纤手指。
2 醮（jiào）坛：道士所祀的坛场。
3 锦字书：织锦为书。泛指给丈夫的书信。
4 “鸳鸯”二句：帐上所绣图案，鸳鸯、豆蔻、连理枝等。

明 / 仇英 / 汉宫春晓图（局部）

梦江南

其一

衔泥燕，飞到画堂前。
占得杏梁安稳处，体轻唯有主人怜，
堪羡好因缘。

其二

红绣被，两两间鸳鸯。
不是鸟中偏爱尔，为缘交颈睡南塘，
全胜薄情郎。

感恩多

其一

两条红粉泪，多少香闺意。
强攀桃李枝，敛愁眉。

陌上莺啼蝶舞，柳花飞。
柳花飞，愿得郎心，忆家还早归。

其二

自从南浦别，愁见丁香结。
近来情转深，忆鸳衾。

几度将书托烟雁，泪盈襟。
泪盈襟，礼月[1]求天，愿君知我心。

---

1 礼月：拜月。

清 / 居廉 / 花卉奇石（其一）

应天长

其一

玉楼春望晴烟灭，舞衫斜卷金条脱[1]。
黄鹂娇啭声初歇，杏花飘尽龙山雪。

凤钗低赴节[2]，筵上王孙愁绝。
鸳鸯对衔罗结，两情深夜月。

其二

双眉澹薄藏心事，清夜背灯娇又醉。
玉钗横，山枕腻，宝帐鸳鸯春睡美。

别经时，无限意，虚道相思憔悴。
莫信彩笺书里，赚人肠断字。

---

1 条脱：手镯。
2 赴节：指用凤钗轻敲以和节奏。

更漏子

其一

星渐稀，漏频转，何处轮台[1]声怨。
香阁掩，杏花红，月明杨柳风。

挑锦字[2]，记情事，唯愿两心相似。
收泪语，背灯眠，玉钗横枕边。

其二

春夜阑[3]，更漏促，金烬暗挑残烛。
惊梦断，锦屏深，两乡明月心。

闺草碧，望归客，还是不知消息。
辜负我，悔怜君，告天天不闻。

---

1 轮台：地名，今新疆轮台县东南。此处引申为唐时西北边塞舞曲名。
2 挑锦字：织锦为书信。
3 春夜阑：春夜将尽。

其三

南浦情，[1]红粉泪，争奈两人深意。
低翠黛，卷征衣，马嘶霜叶飞。

招手别，寸肠结，还是去年时节。
书托雁，梦归家，觉来江月斜。

1 南浦情：离别情。南浦，代指离别处。

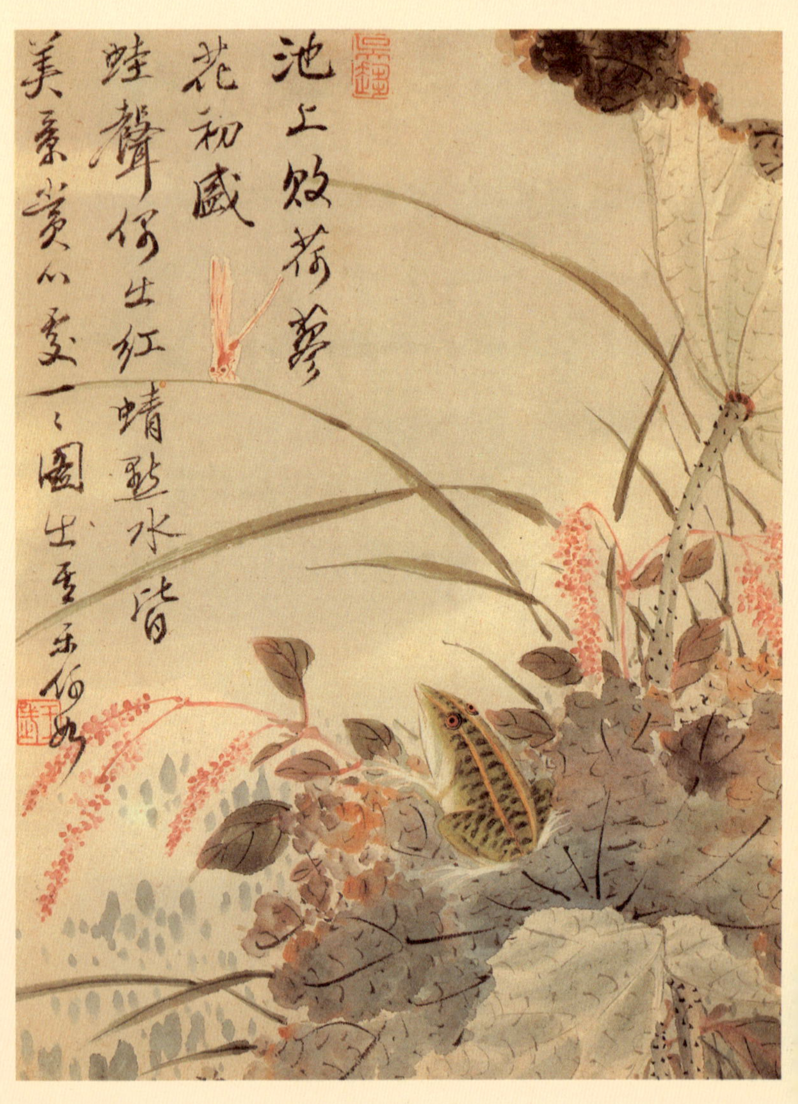

清 / 王武 / 花卉册（其一）

望江怨

东风急，惜别花时手频执，罗帏愁独入。
马嘶残雨春芜湿，倚门立。
寄语薄情郎，粉香和泪泣。

菩萨蛮

其一

舞裙香暖金泥凤[1]，画梁语燕惊残梦。
门外柳花飞，玉郎犹未归。

愁匀红粉泪，眉剪春山翠。
何处是辽阳，锦屏春昼长。

其二

柳花飞处莺声急，晴街春色香车立。
金凤小帘开，脸波[2]和恨来。

今宵求梦想，难到青楼[3]上。
赢得一场愁，鸳衾谁并头。

---

1 金泥凤：舞裙上以金粉装饰的凤形图案。
2 脸波：眼波。
3 青楼：此指富贵小姐所居阁楼。

其三

玉钗风动春幡急，交枝红杏笼烟泣。
楼上望卿卿[1]，窗寒新雨晴。

熏炉蒙翠被，绣帐鸳鸯睡。
何处有相知，羡他初画眉[2]。

其四

画屏重叠巫阳翠，楚神尚有行云意[3]。
朝暮几般心，向他情谩[4]深。

风流今古隔，虚作瞿塘客[5]。
山月照山花，梦回灯影斜。

---

1 卿卿：男女间昵称，这里代指情人。
2 画眉：用汉代张敞为妻子画眉典故，喻夫妻相爱。
3 行云意：指男女合欢。
4 谩：枉，空。
5 瞿塘客：李益《江南曲》“嫁得瞿塘贾，朝朝误妾期”，意为如商人妻子般独守空房。

其五

风帘燕舞莺啼柳，妆台约鬓[1]低纤手。
钗重髻盘珊[2]，一枝红牡丹。

门前行乐客，白马嘶春色。
故故坠金鞭，回头应眼穿。

其六

绿云鬓上飞金雀，愁眉敛翠春烟薄。
香阁掩芙蓉，画屏山几重。

窗寒天欲曙，犹结同心苣。
啼粉污罗衣，问郎何日归。

1 约鬓：手掠鬓发。
2 髻盘珊：即盘桓髻。盘绕的髻。

其七

玉楼冰簟[1]鸳鸯锦，粉融香汗流山枕。
帘外辘轳声，敛眉含笑惊。

柳阴烟漠漠，低鬟蝉钗落。
须作一生拚[2]，尽君今日欢。

1 冰簟：凉席。
2 拚（pàn）：舍弃、不顾惜。

酒泉子

记得去年，烟暖杏园花正发，
雪飘香，江草绿，柳丝长。

钿车纤手卷帘望，眉学春山样。
凤钗低袅翠鬟上，落梅妆[1]。

定西番

紫塞[2]月明千里，金甲冷，
戍楼寒，梦长安。

乡思望中天阔，漏残星亦残。
画角[3]数声呜咽，雪漫漫。

---

1 落梅妆：南朝寿阳公主因梅花落额上，而成梅花妆。
2 紫塞：边塞。
3 画角：涂有彩绘的军用号角。

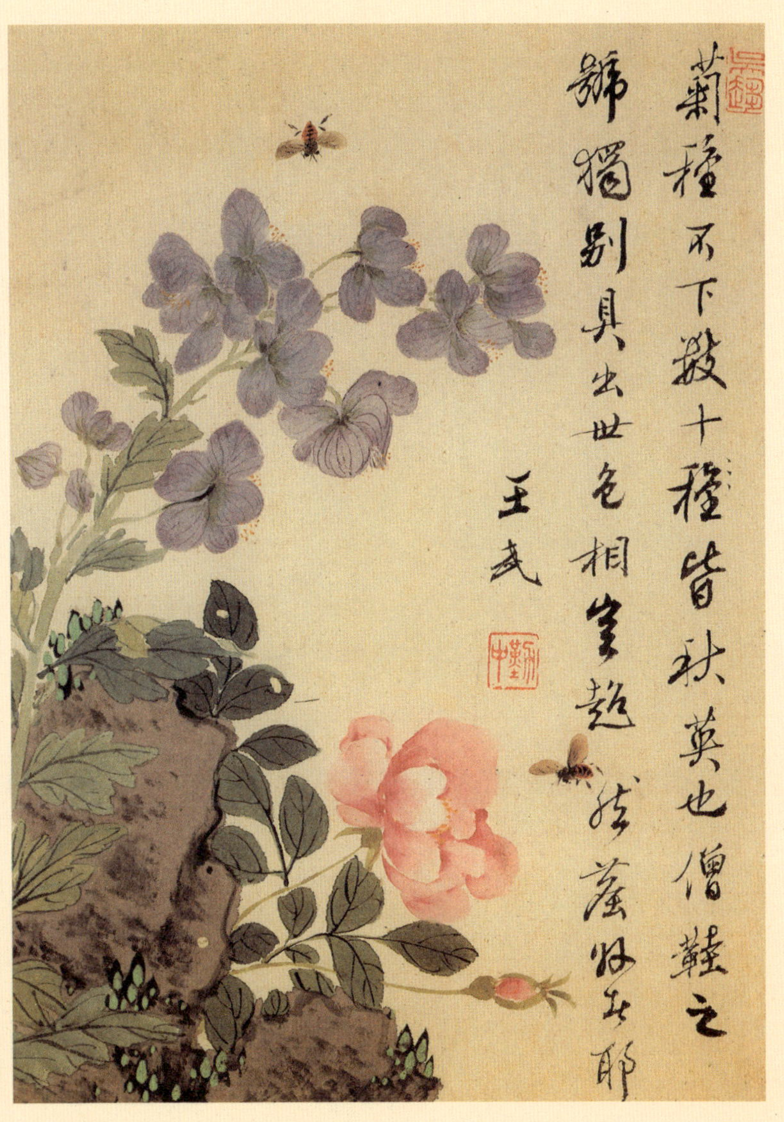

清 / 王武 / 花卉册（其一）

玉楼春

春入横塘摇浅浪，花落小园空惆怅。
此情谁信为狂夫，恨翠愁红[1]流枕上。

小玉[2]窗前嗔燕语，红泪滴穿金线缕。
雁归不见报郎归，织成锦字封过与。

西溪子

捍拨[3]双盘金凤[4]，蝉鬓玉钗摇动。
画堂前，人不语，弦解语。
弹到昭君怨[5]处，翠蛾愁，不抬头。

---

1 恨翠愁红：恨翠，皱眉。愁红，落泪。
2 小玉：唐传奇中的人物霍小玉。泛指少女。
3 捍拨：乐器饰物，用来防护琴身。
4 双盘金凤：指琵琶捍拨上所绘的图案。
5 昭君怨：琵琶曲名，表达汉代王昭君的哀怨情感。

江城子

其一

鸡鹊飞起郡城东，碧江空，半滩风。
越王宫殿，蘋叶藕花中。
帘卷水楼鱼浪起，千片雪，雨蒙蒙。

其二

极浦烟消水鸟飞，离筵分首时，送金卮。
渡口杨花，狂雪任风吹。
日暮天空波浪急，芳草岸，雨如丝。

宋 / 佚名 / 丛菊图页

张泌 二十七首

史有张泌二人，其一为晚唐诗人，其二为南唐诗人。多认为本书收录的为南唐张泌作品，曾事南唐后主，任中书舍人，生卒年不详，其作品《全唐诗》亦有收录。

清 / 王武 / 花卉册（其一）

浣溪沙

其一

钿毂[1]香车过柳堤，桦烟分处马频嘶，
为他沉醉不成泥。

花满驿亭香露细，杜鹃声断玉蟾[2]低，
含情无语倚楼西。

其二

马上凝情忆旧游，照花淹竹小溪流，
钿筝罗幕玉搔头[3]。

早是出门长带月，可堪分袂[4]又经秋，
晚风斜日不胜愁。

1 钿毂（gǔ）：指饰有金银的华车。
2 玉蟾：月亮。
3 玉搔头：玉钗。
4 分袂：离别。

其三

独立寒阶望月华，露浓香泛小庭花，
绣屏愁背一灯斜。

云雨自从分散后，人间无路到仙家，
但凭魂梦访天涯。

其四

依约[1]残眉理旧黄[2]，翠鬟抛掷一簪长，
暖风晴日罢朝妆。

闲折海棠看又捻[3]，玉纤无力惹余香，
此情谁会倚斜阳。

---

1 依约：隐约。
2 旧黄：残留的额黄。
3 捻（niǎn）：揉搓、抚弄。

其五

翡翠屏开绣幄红，谢娥[1]无力晓妆慵，
锦帏鸳被宿香浓。

微雨小庭春寂寞，燕飞莺语隔帘栊，
杏花凝恨倚东风。

其六

枕障熏炉隔绣帏，二年终日两相思，
杏花明月始应知。

天上人间何处去，旧欢新梦觉来时，
黄昏微雨画帘垂。

1 谢娥：谢娘。泛指女子。

其七

花月香寒悄夜[1]尘，绮筵幽会暗伤神，
婵娟依约画屏人。

人不见时还暂语，令才抛后爱微颦，
越罗巴锦[2]不胜春。

其八

偏戴花冠白玉簪，睡容新起意沉吟[3]，
翠钿金缕镇眉心。

小槛日斜风悄悄，隔帘零落杏花阴，
断香轻碧[4]锁愁深。

---

1 悄夜：静夜。
2 越罗巴锦：吴越的绫罗，巴蜀的锦。
3 沉吟：犹豫不决。
4 断香轻碧：指花落叶绿。

其九

晚逐香车入凤城[1]，东风斜揭绣帘轻，
慢回娇眼笑盈盈。

消息未通何计是，便须佯醉且随行，
依稀闻道太狂生[2]。

其十

小市东门欲雪天，众中依约见神仙，
蕊黄香画贴金蝉。

饮散黄昏人草草[3]，醉容无语立门前，
马嘶尘烘一街烟。

1 凤城：京城。
2 太狂生：太狂了，此处指车中美人嗔骂语。生，语助词。
3 草草：匆促。

清 / 王武 / 花卉册（其一）

临江仙

烟收湘渚秋江静，蕉花露泣愁红，
五云[1]双鹤去无踪。
几回魂断，凝望向长空。

翠竹暗留珠泪怨，闲调宝瑟波中，
花鬟月鬓绿云重。
古祠深殿，香冷雨和风。

女冠子

露花烟草，寂寞五云三岛，正春深。
貌减潜消玉，[2]香残尚惹襟。

竹疏虚槛静，松密醮坛阴。
何事刘郎去，信沉沉。

---

1 五云：五色祥云。
2 “貌减”句：玉貌渐渐憔悴。

河传

其一

渺莽云水，惆怅暮帆，去程迢递。
夕阳芳草，千里万里，雁声无限起。

梦魂悄断烟波里，心如醉。
相见何处是，锦屏香冷无睡，被头多少泪。

其二

红杏，交枝相映，密密蒙蒙。
一庭浓艳倚东风，香融透帘栊。

斜阳似共春光语，蝶争舞，更引流莺妒。
魂消千片玉樽前，神仙，瑶池醉暮天。

酒泉子

其一

春雨打窗，惊梦觉来天气晓。
画堂深，红焰小，背兰釭。

酒香喷鼻懒开缸，惆怅更无人共醉。
旧巢中，新燕子，语双双。

其二

紫陌青门[1]，三十六宫春色。
御沟辇路暗相通，杏园风。

咸阳沽酒宝钗空，笑指未央[2]归去。
插花走马落残红，月明中。

---

1 青门：泛指京城城门。
2 未央：此指汉宫殿未央宫。

生查子

相见稀，喜相见，相见还相远。
檀画荔枝红，[1]金蔓蜻蜓软[2]。

鱼雁[3]疏，芳信断，花落庭阴晚。
可怜玉肌肤，消瘦成慵懒。

思越人

燕双飞，莺百啭，越波堤下长桥。
斗钿花筐[4]金匣[5]恰，舞衣罗薄纤腰。

东风澹荡慵无力，黛眉愁聚春碧。
满地落花无消息，月明肠断空忆。

1“檀画”句：形容妆色。檀，浅红色。
2“金蔓”句：形容首饰。
3 鱼雁：代指书信。
4 斗钿花筐：皆妇女头饰。
5 金匣：熨斗。

清 / 王武 / 花卉册（其一）

清 / 恽寿平 / 牡丹图

满宫花

花正芳，楼似绮，寂寞上阳宫里。
钿笼金琐睡鸳鸯，帘冷露华珠翠。

娇艳轻盈香雪腻，细雨黄莺双起。
东风惆怅欲清明，公子桥边沉醉。

柳枝

腻粉琼妆透碧纱，雪休夸。
金凤搔头堕鬓斜，发交加。

倚着云屏新睡觉，思梦笑。
红腮隐出枕函花，有些些。

南歌子

其一

柳色遮楼暗，桐花落砌[1]香。
画堂开处远风凉，高卷水晶帘额，衬斜阳。

其二

岸柳拖烟绿，庭花照日红。
数声蜀魄[2]入帘栊，惊断碧窗残梦，画屏空。

其三

锦荐[3]红鸂鶒，罗衣绣凤凰。
绮疏[4]飘雪北风狂，帘幕尽垂无事，郁金香。

---

1 砌：白阶。
2 蜀魄：杜鹃鸟的别名。
3 荐：垫席。
4 绮疏：雕饰花纹的窗户。

江城子

其一

碧栏干外小中庭，雨初晴，晓莺声。
飞絮落花，时节近清明。
睡起卷帘无一事，匀面了[1]，没心情。

其二

浣花溪上见卿卿，脸波明，黛眉轻。
绿云高绾，金簇小蜻蜓。
好是问他来得么？和笑道：莫多情。

---

1 匀面了：妆画完了。

河渎神

古树噪寒鸦，满庭枫叶芦花。
昼灯当午隔轻纱，画阁珠帘影斜。

门外往来祈赛客，翩翩帆落天涯。
回首隔江烟火，渡头三两人家。

蝴蝶儿

蝴蝶儿，晚春时，
阿娇[1]初着淡黄衣，倚窗学画伊[2]。

还似花间见，双双对对飞。
无端和泪拭胭脂，惹教双翅垂。

---

1 阿娇：汉武帝皇后，典出“金屋藏娇”。此处代指少女。
2 伊：此处指蝴蝶。

清 / 恽寿平 / 牡丹册（其一）

宋 / 鲁宗贵 / 夏卉骈芳图

毛文锡 三十一首

毛文锡，生卒年不详，字平珪，南阳人。唐末进士，仕前蜀、后蜀，官至司徒。

清 / 恽寿平 / 出水芙蓉图

虞美人

其一

鸳鸯对浴银塘暖，水面蒲梢短。
垂杨低拂曲尘[1]波，蛛丝结网露珠多，滴圆荷。

遥思桃叶[2]吴江碧，便是天河隔。
锦鳞红鬣影沉沉，[3]相思空有梦相寻，意难任[4]。

其二

宝檀金缕鸳鸯枕，绶带盘宫锦。
夕阳低映小窗明，南园绿树语莺莺，梦难成。

玉炉香暖频添炷，满地飘轻絮。
珠帘不卷度沉烟[5]，庭前闲立画秋千，艳阳天。

---

1 曲尘：淡黄色。
2 桃叶：晋王献之爱妾名。此处指所怀之人。
3 “锦鳞”句：谓书信难通，杳无音信。
4 任：负担、承受。
5 沉烟：沉香木的烟。

酒泉子

绿树春深，燕语莺啼声断续。
蕙风飘荡入芳丛，惹残红。

柳丝无力袅烟空，金盏不辞须满酌。
海棠花下思朦胧，醉香风。

喜迁莺

芳春景，暧[1]晴烟，乔木见莺迁[2]。
传枝偎叶语关关[3]，飞过绮丛间。

锦翼鲜，金毳[4]软，百啭千娇相唤。
碧纱窗晓怕闻声，惊破鸳鸯暖。

---

1 暧（ài）：晦暗。
2 “乔木”句：比喻登第。
3 关关：莺鸣声。
4 金毳（cuì）：金色的鸟兽细毛。

清 / 恽寿平 / 花卉册（其一）

清 / 恽寿平 / 腻粉嫣红

赞成功

海棠未坼，万点深红。
香包[1]缄结[2]一重重，似含羞态，邀勒[3]春风。
蜂来蝶去，任绕芳丛。

昨夜微雨，飘洒庭中。
忽闻声滴井边桐，美人惊起，坐听晨钟。
快教折取，戴玉珑璁[4]。

西溪子

昨日西溪游赏，芳树奇花千样。
锁春光，金樽满，听弦管。
娇妓舞衫香暖，不觉到斜晖，马驮归。

---

1 香包：花苞。
2 缄结：封闭。
3 邀勒：请求留下。
4 珑璁（cōng）：金玉声。

中兴乐

豆蔻花繁烟艳深，丁香软结同心。
翠鬟女，相与共淘金。

红蕉[1]叶里猩猩语[2]，鸳鸯浦，镜中鸾舞。
丝雨隔，荔枝阴。

更漏子

春夜阑，春恨切，花外子规啼月。
人不见，梦难凭，红纱一点灯。

偏怨别，是芳节，庭下丁香千结。
宵雾散，晓霞辉，梁间双燕飞。

---

1 红蕉：红色美人蕉。
2 猩猩语：猩猩啼叫。

清 / 恽寿平 / 百花图卷（局部）

接贤宾

香鞯镂襜[1]五花骢，值春景初融。
流珠喷沫躞蹀[2]，汗血流红[3]。

少年公子能乘驭，金镳[4]玉辔珑璁。
为惜珊瑚鞭[5]不下，骄生百步千踪。
信[6]穿花，从拂柳，向九陌[7]追风。

1 香鞯（jiān）镂襜（chān）：马鞍具。
2 躞蹀（xiè dié）：马行走的样子。
3 汗血流红：汗血宝马流汗。
4 金镳：饰金的马嚼子。
5 珊瑚鞭：华贵的马鞭。
6 信：马信步而行。
7 九陌：都城中的大道。

赞浦子

锦帐添香睡，金炉换夕薰。
懒结芙蓉带，慵拖翡翠裙。

正是桃夭柳媚，那堪暮雨朝云[1]。
宋玉高唐意，裁琼[2]欲赠君。

---

1 暮雨朝云：典出宋玉《高唐赋》中巫山神女“旦为朝云，暮为行雨”。
2 裁琼：摘下美玉。

甘州遍

其一

春光好，公子爱闲游，足风流。
金鞍白马，雕弓宝剑，红缨[1]锦襜[2]出长秋[3]。

花蔽膝[4]，玉衔头[5]。
寻芳逐胜欢宴，丝竹不曾休。
美人唱，揭调[6]是甘州，醉红楼。
尧年舜日[7]，乐圣永无忧。

---

1 缨：用线或绳制成的装饰品，此处指冠帽。
2 襜（chān）：蔽膝。
3 出长秋：出城门。长秋，汉长安有长秋门。
4 蔽膝：护膝的围裙。
5 玉衔头：玉饰的马嚼子。
6 揭调：高调。甘州：唐教坊曲名。
7 尧年舜日：喻太平盛世。

其二

秋风紧，平碛[1]雁行低，阵云齐。
萧萧飒飒，边声四起，愁闻戍角与征鼙[2]。

青冢[3]北，黑山西。
沙飞聚散无定，往往路人迷。
铁衣冷，战马血沾蹄，破番奚[4]。
凤凰诏[5]下，步步蹑丹梯[6]。

---

1 平碛（qì）：沙漠。
2 征鼙（pí）：战鼓。
3 青冢（zhǒng）：王昭君墓。相传冢上草色常青，故名。
4 番奚：匈奴的别种。
5 凤凰诏：皇帝诏书。
6 丹梯：又称丹墀，宫殿前的台阶。

清 / 恽寿平 / 洒金玉兰

纱窗恨

其一

新春燕子还来至，一双飞。
垒巢泥湿时时坠，涴[1]人衣。

后园里看百花发，香风拂绣户金扉。
月照纱窗，恨依依。

其二

双双蝶翅涂铅粉，咂花心。
绮窗绣户飞来稳，画堂阴。

二三月爱随飘絮，伴落花来拂衣襟。
更剪轻罗片[2]，傅黄金[3]。

---

1 涴（wò）：弄脏。
2 轻罗片：形容蝶翅轻薄。
3 傅黄金：敷黄金，形容蝶翅的颜色。

柳含烟

其一

隋堤柳，汴河旁。
夹岸绿阴千里，龙舟凤舸木兰香，锦帆张。

因梦江南春景好，一路流苏羽葆[1]。
笙歌未尽起横流[2]，锁春愁。

其二

河桥柳，占芳春。
映水含烟拂路，几回攀折赠行人，暗伤神。

乐府吹为横笛曲，[3]能使离肠断续。
不如移植在金门[4]，近天恩。

---

1 羽葆：以鸟羽为饰的仪仗中的华盖。
2 起横流：发生变故。即隋亡。
3 “乐府”句：指《乐府诗集·横吹曲辞》中的《折杨柳》曲。
4 移植在金门：用唐宣宗取永丰坊垂柳植于禁中的事。金门，金马门，代指皇宫。

其三

章台柳[1]，近垂旒[2]。
低拂往来冠盖[3]，朦胧春色满皇州[4]，瑞烟浮。

直与路边江畔别，免被离人攀折。
最怜京兆画蛾眉[5]，叶纤时。

其四

御沟柳，占春多。
半出宫墙婀娜，有时倒影蘸轻罗[6]，曲尘波。

昨日金銮巡上苑，风亚[7]舞腰纤软。
栽培得地近皇宫，瑞烟浓。

1 章台柳：汉代长安章台街所植的柳树。
2 垂旒（liú）：古代缀于旗帜正幅下的垂饰物。
3 冠盖：官吏的服饰和车乘，借指官吏。
4 皇州：京城。
5 京兆画蛾眉：用汉京兆尹张敞为妻画眉事。
6 蘸轻罗：如丝绸沾于水中。
7 亚：通“压”。

清 / 恽寿平 / 牡丹图

醉花间

其一

休相问，怕相问，相问还添恨。
春水满塘生，鸂鶒还相趁。

昨夜雨霏霏，临明寒一阵。
偏忆戍楼人，久绝边庭信。

其二

深相忆，莫相忆，相忆情难极。
银汉[1]是红墙，一带遥相隔。

金盘[2]珠露滴，两岸榆花白。
风摇玉佩清，今夕为何夕。

---

1 银汉：银河。
2 金盘：承露盘，擎盘承接甘露以求仙。

浣沙溪

春水轻波浸绿苔，枇杷洲上紫檀开。
晴日眠沙鸂鶒稳，暖相偎。

罗袜生尘[1]游女过，有人逢着弄珠回。
兰麝飘香初解佩，忘归来。

浣溪沙

七夕[2]年年信不违，银河清浅白云微，
蟾光[3]鹊影伯劳飞。

每恨蟪蛄[4]怜婺女[5]，几回娇妒下鸳机，
今宵嘉会两依依。

1 罗袜生尘：罗袜上带着尘雾。
2 七夕：农历七月初七夜。民间传说牛郎织女此夜在天河相会。
3 蟾光：月光。鹊影：鹊桥影。伯劳：鸟名。
4 蟪蛄（huì gū）：蝉的一种，秋日悲鸣。
5 婺（wù）女：星宿名，代指织女。

月宫春

水晶宫里桂花开，神仙探几回。
红芳金蕊绣重台[1]，低倾玛瑙杯。
玉兔银蟾争守护，姮娥姹女[2]戏相偎。
遥听钧天九奏[3]，玉皇亲看来。

---

1 重台：花的复瓣。
2 姹（chà）女：月中少女。
3 钧天九奏：天上仙乐。

清 / 恽寿平 / 山水花卉神品册（其一）

恋情深

其一

滴滴铜壶寒漏咽，醉红楼月。
宴余香殿会鸳衾，荡春心。

真珠帘下晓光侵，莺语隔琼林[1]。
宝帐欲开慵起，恋情深。

其二

玉殿春浓花烂熳，簇神仙伴。
罗裙窣地[2]缕黄金，奏清音。

酒阑[3]歌罢两沉沉，一笑动君心。
永愿作鸳鸯伴，恋情深。

---

1 琼林：树林的美称。
2 窣（sū）地：拂地。
3 酒阑：酒残。

诉衷情

其一

桃花流水漾纵横，春昼彩霞明。
刘郎去，阮郎[1]行，惆怅恨难平。

愁坐对云屏，算归程。
何时携手洞边迎，诉衷情。

其二

鸳鸯交颈绣衣轻[2]，碧沼藕花馨。
偎藻荇[3]，映兰汀[4]，和雨浴浮萍。

思妇对心惊，想边庭。
何时解佩[5]掩云屏，诉衷情。

---

1 刘郎、阮郎：汉代刘晨、阮肇。
2 绣衣轻：形容鸳鸯羽毛。
3 藻荇：水藻、荇菜，两种水生植物。
4 兰汀：长着兰花的水滨。
5 解佩：解去环佩。

应天长

平江波暖鸳鸯语，两两钓船归极浦。
芦洲一夜风和雨，飞起浅沙翘雪鹭[1]。

渔灯明远渚，兰棹今宵何处。
罗袂[2]从风轻举，愁杀采莲女。

---

1 翘雪鹭：长颈高举的白鹭。
2 罗袂：罗袖。

河满子

红粉楼前月照，碧纱窗外莺啼。
梦断辽阳音信，那堪独守空闺。
恨对百花时节，王孙绿草萋萋。

巫山一段云

雨霁巫山上，云轻映碧天。
远风吹散又相连，十二晚峰前。

暗湿啼猿树，高笼过客船。
朝朝暮暮楚江边，几度降神仙。

临江仙

暮蝉声尽落斜阳，银蟾影挂潇湘。
黄陵庙侧水茫茫。
楚山红树，烟雨隔高唐。

岸泊渔灯风飐碎，白蘋远散浓香。
灵娥[1]鼓瑟韵清商[2]。
朱弦凄切，云散碧天长。

---

1 灵娥：即湘水女神。
2 清商：古五音之一，商声。

南宋 / 朱绍宗 / 菊丛飞蝶图

牛希济 十一首

牛希济，五代词人。牛峤之侄。仕前蜀，曾任翰林学士。后仕后唐。

临江仙

其一

峭碧参差十二峰，冷烟寒树重重。
瑶姬[1]宫殿是仙踪，金炉珠帐，香霭昼偏浓。

一自楚王惊梦断，[2]人间无路相逢。
至今云雨带愁容，月斜江上，征棹动晨钟。

其二

谢家[3]仙观寄云岑[4]，岩萝拂地成阴。
洞房不闭白云深，当时丹灶，一粒化黄金。

石壁霞衣犹半挂，松风长似鸣琴。
时闻唳鹤起前林，十洲[5]高会，何处许相寻？

---

1 瑶姬：仙女。
2“一自”句：用宋玉《高唐赋》中楚王梦神女事。
3 谢家：谢真人，得道于谢女峡。
4 云岑（cén）：山的高峰。
5 十洲：海中仙境。

其三

渭阙宫城[1]秦树凋，玉楼独上无憀[2]。
含情不语自吹箫，调清和恨，天路逐风飘。

何事乘龙人忽降，似知深意相招。
三清[3]携手路非遥，世间屏障[4]，彩笔画娇娆。

其四

江绕黄陵春庙闲，娇莺独语关关。
满庭重叠绿苔斑，阴云无事，四散自归山。

箫鼓声稀香烬冷，月娥敛尽弯环。
风流皆道胜人间，须知狂客，拚死为红颜。

---

1 渭阙宫城：秦的宫城，因地近渭水，故称。
2 无憀：无聊。
3 三清：仙人所居地。
4 屏障：屏风。

其五

素洛[1]春光潋滟[2]平，千重媚脸初生。
凌波罗袜势轻轻，烟笼日照，珠翠半分明。

风引宝衣疑欲舞，鸾回凤翥堪惊。
也知心许恐无成，陈王辞赋，[3]千载有声名。

其六

柳带摇风汉水滨，平芜两岸争匀。
鸳鸯对浴浪痕新。弄珠游女，[4]微笑自含春。

轻步暗移蝉鬓动，罗裙风惹轻尘。
水晶宫殿岂无因？空劳纤手，解佩赠情人。

---

1 素洛：清澄的洛水。

2 潋滟（liàn yàn）：水波摇荡。

3 陈王辞赋：陈思王曹植作《洛神赋》。上文“凌波”“罗袜”皆为洛神姿态的形容语。

4 弄珠游女：用《列仙传》中江妃二女逢郑交甫，解佩玉赠郑交甫事。

其七

洞庭波浪飐晴天，君山[1]一点凝烟。
此中真境属神仙，玉楼珠殿，相映月轮边。

万里平湖秋色冷，星辰垂影参然[2]。
橘林霜重更红鲜，罗浮山[3]下，有路暗相连。

---

1 君山：洞庭山，又名湘山，在洞庭湖中。
2 参（cēn）然：参差不齐。
3 罗浮山：传说中的仙山，被道家列为第七洞天。位于今广东省。

清 / 恽寿平 / 九兰图

酒泉子

枕转簟凉，清晓远钟残梦。
月光斜，帘影动，旧炉香。

梦中说尽相思事，纤手匀双泪。
去年书，今日意，断离肠。

生查子

春山烟欲收，天澹稀星小。
残月脸边明，别泪临清晓。

语已多，情未了，回首犹重道，
记得绿罗裙，处处怜芳草。

中兴乐

池塘暖碧浸晴晖，蒙蒙柳絮轻飞。
红蕊凋来，醉梦还稀。

春云空有雁归，珠帘垂。
东风寂寞，恨郎抛掷，泪湿罗衣。

谒金门

秋已暮，重叠关山岐路。
嘶马摇鞭何处去，晓禽霜满树。

梦断禁城钟鼓，泪滴枕檀无数。
一点凝红和薄雾，翠蛾愁不语。

清 / 恽寿平 / 秋海棠图

南宋 / 毛松 / 麝香图

欧阳炯 十七首

欧阳炯（896—971），益州华阳（今四川成都市）人，历仕前蜀、后唐、后蜀、宋四朝，曾任户部尚书平章事、散骑常侍等。

浣溪沙

其一

落絮残莺半日天，玉柔花醉只思眠，
惹窗映竹满炉烟。

独掩画屏愁不语，斜欹瑶枕髻鬟偏，
此时心在阿谁[1]边。

其二

天碧罗衣拂地垂，美人初着更相宜，
宛风如舞透香肌。

独坐含嚬吹凤竹[2]，园中缓步折花枝，
有情无力泥人[3]时。

1 阿谁：谁。阿为发语词。
2 凤竹：这里指箫、笙等乐器。
3 泥人：这里指柔弱无力。

其三

相见休言有泪珠，酒阑重得叙欢娱，
凤屏鸳枕宿金铺[1]。

兰麝细香闻喘息，绮罗纤缕见肌肤，
此时还恨薄情无。

1 金铺：门上铺首，用以衔环。此处代指豪门闺房。

清 / 恽寿平 / 山水花卉神品册（其一）

三字令

春欲尽，日迟迟，牡丹时。
罗幌卷，翠帘垂。
彩笺书，红粉泪，两心知。

人不在，燕空归，负佳期。
香烬落，枕函欹[1]。
月分明，花澹薄[2]，惹相思。

1 枕函欹（qī）：枕头倾斜。欹，倾斜。
2 澹薄：安然、恬静、美好的样子。

南乡子

其一

嫩草如烟，石榴花发海南天。
日暮江亭春影渌，鸳鸯浴。
水远山长看不足。

其二

画舸停桡[1]，槿花篱外竹横桥。
水上游人沙上女，回顾，
笑指芭蕉林里住。

其三

岸远沙平，日斜归路晚霞明。
孔雀自怜金翠尾，临水，
认得行人惊不起。

---

1 停桡：停桨、停船。

其四

洞口谁家，木兰船系木兰花。
红袖女郎相引去[1]，游南浦[2]，
笑倚春风相对语。

其五

二八花钿[3]，胸前如雪脸如莲。
耳坠金环穿瑟瑟[4]，霞衣窄，
笑倚江头招远客。

其六

路入南中[5]，桄榔[6]叶暗蓼花红。
两岸人家微雨后，收红豆，
树底纤纤抬素手。

---

1 相引去：相约而去。
2 南浦：南之水边。
3 花钿：本为首饰，这里指戴花钿之人，如花少女。
4 瑟瑟：珠宝。
5 南中：南国。
6 桄榔（guāng láng）：树名。棕榈科常绿灌木。

其七

袖敛鲛绡[1]，采香深洞笑相邀。
藤杖枝头芦酒滴，铺葵席，
豆蔻花间趖晚日[2]。

其八

翡翠䴔䴖，白蘋香里小沙汀。
岛上阴阴秋雨色，芦花扑，
数只渔船何处宿。

1 鲛绡：相传为鲛人所织的绡，龙纱。此处指手帕。
2 趖（suō）晚日：指太阳坠落。趖，走。

献衷心

见好花颜色，争笑东风。
双脸上，晚妆同。
闭小楼深阁，春景重重。
三五夜，[1] 偏有恨，月明中。

情未已，信曾通，满衣犹自染檀红。
恨不如双燕，飞舞帘栊。
春欲暮，残絮尽，柳条空。

1 三五夜：农历每月十五日夜。

清 / 恽寿平 / 仿古山水

贺明朝

其一

忆昔花间初识面，红袖半遮，妆脸轻转。
石榴裙带，故将纤纤玉指偷捻，双凤金线。

碧梧桐锁深深院，谁料得两情，何日教缱绻。
羡春来双燕，飞到玉楼，朝暮相见。

其二

忆昔花间相见后，只凭纤手，暗抛红豆。
人前不解，巧传心事，
别来依旧，辜负春昼。

碧罗衣上蹙金绣[1]，睹对对鸳鸯，空裛[2]泪痕透。
想韶颜非久，终是为伊，只恁[3]偷瘦。

---

1 蹙金绣：用金丝银线刺绣成绉纹状。
2 裛（yì）：沾。
3 只恁（nèn）：竟然如此。

江城子

晚日金陵[1]岸草平，落霞明，水无情。
六代繁华，[2]暗逐逝波声。
空有姑苏台上月，如西子镜，照江城。

凤楼春

凤髻绿云丛[3]，深掩房栊。
锦书通，梦中相见觉来慵。
匀面泪，脸珠融。
因想玉郎何处去，对淑景[4]谁同。

小楼中，春思无穷。
倚栏颙望[5]，暗牵愁绪，柳花飞起东风。
斜日照帘，罗幌香冷粉屏空。
海棠零落，莺语残红。

---

1 金陵：今南京。
2 六代繁华：三国东吴，东晋，南朝宋、齐、梁、陈都定都在金陵。
3 绿云丛：发丛。
4 淑景：美景。
5 颙（yóng）望：仰望。

清／恽寿平／菊二种

南宋 / 佚名 / 蜀葵

和凝 二十首

和凝（898—955），字成绩，郓州须昌（今山东东平）人。才思敏捷，少负盛名，19 岁登进士，历仕后唐、后晋、后汉、后周。除诗词等文学作品外，亦有法医学著作传世。

小重山

其一

春入神京[1]万木芳，禁林[2]莺语滑[3]，蝶飞狂。
晓花擎露妒啼妆，红日永，风和百花香。

烟锁柳丝长，御沟澄碧水，转池塘。
时时微雨洗风光，天衢[4]远，到处引笙簧。

其二

正是神京烂熳时，群仙初折得，郄诜[5]枝。
乌犀白纻[6]最相宜，精神出，御陌袖鞭垂。

柳色展愁眉，管弦分响亮，探花期[7]。
光阴占断曲江池，新榜上，名姓彻丹墀。

---

1 神京：京城。
2 禁林：京城中禁苑园林。
3 莺语滑：莺声流转。
4 天衢：皇城中的大路。
5 郄诜（xì shēn）枝：此处指科举及第。郄诜，人名，晋代人。
6 乌犀白纻（zhù）：黑色带钩、白色苎麻衣服。新登科进士的穿戴。
7 探花期：指进士及第后在曲江、杏园初宴之时。

临江仙

其一

海棠香老春江晚，小楼雾縠[1]涳蒙[2]。
翠鬟初出绣帘中，麝烟鸾佩惹蘋风[3]。

碾玉钗摇㶉鶒战[4]，雪肌云鬓将融。
含情遥指碧波东，越王台殿蓼花红。

其二

披袍窣地红宫锦，莺语时转轻音。
碧罗冠子稳犀簪，凤凰双飐步摇金。

肌骨细匀红玉软，脸波微送春心。
娇羞不肯入鸳衾，兰膏光里两情深。

---

1 雾縠（hú）：薄如纱般的云雾。
2 涳（kōng）蒙：烟雨迷蒙。
3 蘋风：微风。
4 㶉鶒战：㶉鶒鸟形首饰在头上颤动。

菩萨蛮

越梅[1]半坼轻寒里，冰清澹薄笼蓝水[2]。
暖觉杏梢红，游丝狂惹风。
闲阶莎径碧[3]，远梦犹堪惜。
离恨又迎春，相思难重陈。

---

1 越梅：南方梅花。
2 蓝水：碧蓝的水。
3 莎（suō）径碧：长着绿色莎草的小径。

山花子

其一

莺锦蝉縠[1]馥麝脐[2]，轻裾[3]花早晓烟迷。
鸂鶒颤金红掌坠，翠云低。

星靥笑偎霞脸畔，蹙金开襜[4]衬银泥。
春思半和芳草嫩，绿萋萋。

其二

银字笙[5]寒调正长，水纹簟冷画屏凉。
玉腕重金扼臂，澹梳妆。

几度试香纤手暖，一回尝酒绛唇光。
佯弄红丝蝇拂子，打檀郎[6]。

---

1 蝉縠（hú）：如蝉翼的轻纱。
2 麝脐：即麝香。
3 轻裾：轻袖。
4 蹙金、襜：金丝盘绣、齐膝短裙。
5 银字笙：乐器。用银作字，标明音色高低。
6 檀郎：情郎美称。

清 / 恽寿平 / 二种牡丹

河满子

其一

正是破瓜年几[1]，含情惯[2]得人饶[3]。
桃李精神鹦鹉舌，可堪虚度良宵。
却爱蓝罗裙子，羡他长束纤腰。

其二

写得鱼笺[4]无限，其如花锁春晖。
目断巫山云雨，空教残梦依依。
却爱熏香小鸭[5]，羡他长在屏帏。

---

1 破瓜年几：十六岁年龄。
2 惯：纵容。
3 人饶：要人相让、宽恕。
4 鱼笺：蜀地产的纸做的信笺。这里代指情书。
5 熏香小鸭：鸭形小香炉。

薄命女

天欲晓，宫漏穿花声缭绕，窗里星光少。
冷霞寒侵帐额，残月光沉树杪[1]。
梦断锦帏空悄悄，强起愁眉小。

望梅花

春草全无消息，腊雪犹余踪迹。
越岭[2]寒枝香自坼，冷艳奇芳堪惜。
何事寿阳[3]无处觅，吹入谁家横笛。

1 树杪（miǎo）：树梢。
2 越岭：大庾岭，位于赣粤交界处。
3 寿阳：南朝寿阳公主。此用其梅妆事。

天仙子

其一

柳色披衫金缕凤，纤手轻捻红豆弄。
翠蛾双敛正含情。
桃花洞，[1]瑶台梦，一片春愁谁与共。

其二

洞口春红飞蔌蔌[2]，仙子含愁眉黛绿。
阮郎何事不归来。
懒烧金[3]，慵篆玉[4]。流水桃花空断续。

---

1 桃花洞：仙女居处，下句“瑶台梦”同。
2 蔌蔌（sù）：花落貌。
3 烧金：金炉填香。
4 篆玉：指烧盘香。

清 / 石涛 / 花卉山水册（其一）

春光好

其一

纱窗暖，画屏闲，亸云鬟[1]。
睡起四肢无力，半春间。

玉指剪裁罗胜[2]，金盘点缀酥山[3]。
窥宋[4]深心无限事，小眉弯。

其二

蘋叶软，杏花明，画船轻。
双浴鸳鸯出渌汀，棹歌声[5]。

春水无风无浪，春天半雨半晴。
红粉相随南浦晚，几含情。

1 亸（duǒ）云鬟：发鬟下垂。
2 罗胜：首饰。
3 酥山：山形的乳脂制品。
4 窥宋：窥视宋玉，此处指窥视情郎。
5 棹歌声：船家所唱歌声。

采桑子

蝤蛴[1]领上诃梨子[2]，绣带双垂。
椒户[3]闲时，竞学樗蒲[4]赌荔枝。

丛头鞋子[5]红编[6]细，裙窄金丝。
无事颦眉，春思翻教[7]阿母疑。

---

1 蝤蛴（qiú qí）：天牛、桑牛的幼虫，白洁而长，喻美人颈，此指衣领。
2 诃梨子：即诃梨勒，天竺果名。此处指妇女衣领上所绣的花饰。
3 椒户：椒泥涂饰的屋子，其室香暖。
4 樗（chū）蒲：古代赌博游戏。
5 丛头鞋子：鞋头如花丛状。
6 红编：红色鞋带。
7 翻教：反使。

柳枝

其一

软碧摇烟似送人，映花时把翠蛾嚬。
青青自是风流主，[1]慢飐金丝待洛神[2]。

其二

瑟瑟罗裙金缕腰，黛眉偎破未重描。
醉来咬损新花子[3]，拽住仙郎尽放娇。

其三

鹊桥初就咽银河，今夜仙郎自姓和[4]。
不是昔年攀桂树[5]，岂能月里索嫦娥。

---

1 “青青”句：形容柳树。
2 洛神：洛水女神。
3 花子：女子面妆。指情郎醒来拥吻，破坏了女子面妆。
4 自姓和：作者和凝自称。
5 攀桂树：即折桂，比喻苦读科举中第。

渔父

白芷汀[1]寒立鹭鸶，
蘋风[2]轻剪浪花时。
烟幂幂[3]，日迟迟。
香引芙蓉惹钓丝。

1 白芷汀：长满白芷草的水边平地。
2 蘋风：微风。
3 幂幂：笼罩的样子。

清 / 石涛 / 花卉（其一）

清 / 石涛 / 花卉册（其一）

顾敻 五十五首

顾敻，生卒年不详。历仕前蜀、后蜀。累官至太尉。

清／石涛／花卉册（其一）

虞美人

其一

晓莺啼破相思梦，帘卷金泥凤[1]。
宿妆犹在酒初醒，翠翘慵整倚云屏，转娉婷。

香檀[2]细画侵桃脸，罗袂轻轻敛。
佳期堪恨再难寻，绿芜满院柳成阴，负春心。

其二

触帘风送景阳钟[3]，鸳被绣花重。
晓帏初卷冷烟浓，翠匀粉黛好仪容，思娇慵。

起来无语理朝妆，宝匣镜凝光。
绿荷相倚满池塘，露清枕簟藕花香，恨悠扬。

---

1 金泥凤：帘上金色的凤形花纹。
2 香檀：浅红色胭脂。
3 景阳钟：南齐武帝置钟于景和殿上，代漏钟报晓，宫人闻钟声，早起妆饰。后人称之为景阳钟。

其三

翠屏闲掩垂珠箔[1]，丝雨笼池阁。
露粘红藕咽清香，谢娘娇极不成狂，罢朝妆。

小金鸂鶒[2]沉烟[3]细，腻枕堆云髻。
浅眉微敛注檀[4]轻，旧欢时有梦魂惊，悔多情。

其四

碧梧桐映纱窗晚，花谢莺声懒。
小屏屈曲[5]掩青山，翠帏香粉玉炉寒，两蛾攒[6]。

颠狂少年轻离别，辜负春时节。
画罗红袂有啼痕，魂消无语倚闺门，欲黄昏。

---

1 珠箔：珠帘。
2 小金鸂鶒：有鸂鶒图案的铜香炉。
3 沉烟：沉香的焚烟。
4 注檀：以绛红色唇红涂唇。
5 屈曲：小屏风上用以折叠的环钮。
6 两蛾攒：双眉愁聚。

其五

深闺春色劳思想[1]，恨共春芜长。
黄鹂娇啭泥芳妍，杏枝如画倚轻烟，琐窗前。

凭栏愁立双蛾细，柳影斜摇砌[2]。
玉郎还是不还家，教人魂梦逐杨花，绕天涯。

其六

少年艳质胜琼英[3]，早晚别三清[4]。
莲冠稳簪[5]钿篦横，飘飘罗袖碧云轻，画难成。

迟迟少转腰身袅，翠靥眉心小。
醮坛风急杏花香，此时恨不驾鸾凰，访刘郎。

1 劳：忧心。思想：思念。
2 砌：台阶。
3 琼英：玉之至美者。
4 三清：道家仙境。
5 簪（zān）：插在头发上。

清 / 石涛 / 花鸟图册（其一）

河传

其一

燕飏，[1]晴景。
小窗屏暖，鸳鸯交颈[2]。
菱花掩却翠鬟欹，慵整，海棠帘外影。

绣帏香断金鸂鶒[3]，无消息，心事空相忆。
倚东风，春正浓。
愁红，泪痕衣上重。

1 燕飏（yáng）：燕高飞。飏通“扬”。
2 鸳鸯交颈：这里指屏风上的图案。
3 金鸂鶒：鸂鶒形金属香炉。

其二

曲槛，春晚。
碧流纹细，绿杨丝软。
露花鲜，杏枝繁，莺啭，野芜平似剪。

直是人间到天上，堪游赏，醉眼疑屏障。
对池塘，惜韶光，
断肠，为花须尽狂。

其三

棹举，舟去。
波光渺渺，不知何处。
岸花汀草共依依，雨微，鹧鸪相逐飞。

天涯离恨江声咽，啼猿切，此意向谁说。
倚兰桡，独无憀[1]。
魂消，小炉香欲焦[2]。

---

1 无憀：无聊。
2 焦：烬。

清 / 石涛 / 花鸟图册（其一）

甘州子

其一

一炉龙麝[1]锦帏旁，屏掩映，烛荧煌[2]。
禁楼刁斗[3]喜初长，罗荐[4]绣鸳鸯。
山枕上，私语口脂香。

其二

每逢清夜与良晨，多怅望，足伤神。
云迷水隔意中人，寂寞绣罗茵[5]。
山枕上，几点泪痕新。

---

1 龙麝：龙脑香和麝香。
2 荧煌：烛光闪烁之状。
3 刁斗：小铃。此处指宫中传夜铃。
4 罗荐：罗席。
5 罗茵：丝罗褥子。

其三

曾如刘阮访仙踪[1]，深洞客，此时逢。
绮筵散后绣衾同，款曲[2]见韶容。
山枕上，长是怯晨钟。

其四

露桃花里小楼深，持玉盏，听瑶琴。
醉归青琐[3]入鸳衾，月色照衣襟。
山枕上，翠钿镇眉心。

其五

红炉深夜醉调笙，敲拍处，玉纤轻。
小屏古画岸低平，烟月满闲庭。
山枕上，灯背脸波横。

---

1 刘阮访仙踪：用刘晨、阮肇采药遇仙女事。
2 款曲：诉说衷情委曲。
3 青琐：雕花的窗。此处代指闺房。

清／石涛／花鸟图册（其一）

玉楼春

其一

月照玉楼春漏促，飒飒风摇庭砌[1]竹。
梦惊鸳被觉来时，何处管弦声断续。

惆怅少年游冶[2]去，枕上两蛾攒细绿。
晓莺帘外语花枝，背帐犹残红蜡烛。

其二

柳映玉楼春日晚，雨细风轻烟草软。
画堂鹦鹉语雕笼，金粉小屏犹半掩。

香灭绣帏人寂寂，倚槛无言愁思远。
恨郎何处纵疏狂，长使含啼眉不展。

---

1 庭砌：庭前砌阶。
2 游冶：野游。后多指浪游娱乐。

其三

月皎露华窗影细，风送菊香沾绣袂。
博山炉冷水沉[1]微，惆怅金闺终日闭。

懒展罗衾垂玉箸[2]，羞对菱花篸宝髻。
良宵好事枉教休，无计[3]奈他狂耍婿。

其四

拂水双飞来去燕，曲槛小屏山六扇。
春愁凝思结眉心，绿绮懒调红锦荐[4]。

话别情多声欲颤，玉箸痕留红粉面。
镇长[5]独立到黄昏，却怕良宵频梦见。

---

1 水沉：沉香。
2 玉箸：比喻眼泪。
3 无计：无可奈何。狂耍婿：放浪轻狂而不归家的夫婿。
4 “绿绮”句：绿绮，古琴名。红锦荐，红锦席（座垫）。
5 镇长：久长。

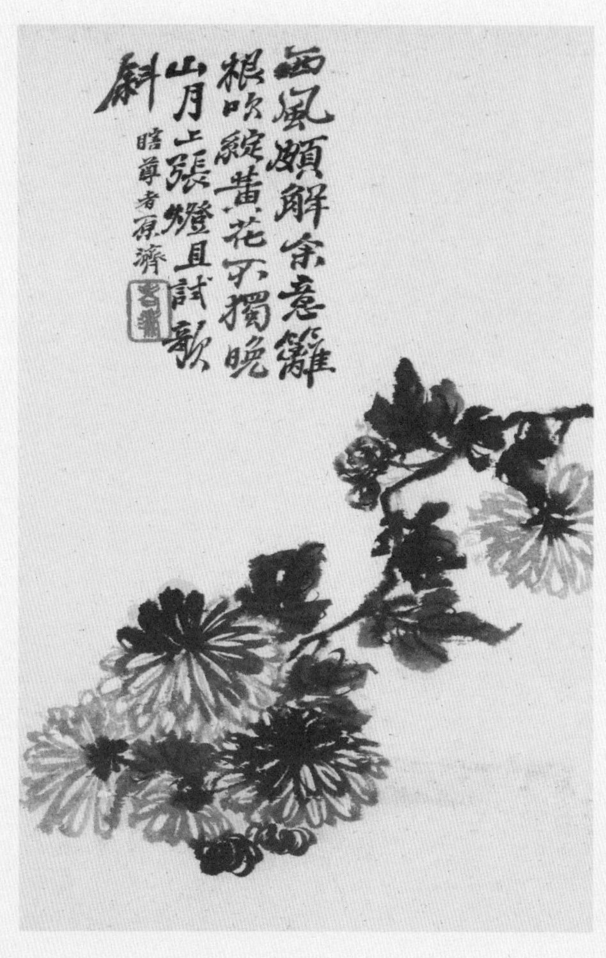

清 / 石涛 / 花卉册（其一）

浣溪沙

其一

春色迷人恨正赊[1]，可堪荡子不还家，
细风轻露著[2]梨花。

帘外有情双燕飏[3]，槛前无力绿杨斜，
小屏狂梦极天涯。

其二

红藕香寒翠渚平，月笼虚阁夜蛩[4]清，
塞鸿惊梦两牵情。

宝帐玉炉残麝冷，
罗衣金缕暗尘生，小窗孤烛泪纵横。

---

1 赊：长。
2 著：着。
3 飏（yáng）：飞。
4 蛩（qióng）：蟋蟀。

其三

荷芰[1]风轻帘幕香，绣衣鸂鶒泳回塘，[2]
小屏闲掩旧潇湘。

恨入空帏鸾影独，泪凝双脸渚莲光，
薄情年少悔思量。

其四

惆怅经年别谢娘，月窗花院好风光，
此时相望最情伤。

青鸟[3]不来传锦字[4]，瑶姬何处琐兰房，
忍教魂梦两茫茫。

---

1 荷芰（jì）：荷花、菱角。
2 “绣衣”句：屏风所画潇湘山水图，即下句中“潇湘”。
3 青鸟：相传为西王母传信的鸟。此处代指信使。
4 锦字：即织锦字书，代指书信。

其五

庭菊飘黄玉露浓，冷莎偎砌[1]隐鸣蛩，
何期良夜得相逢。

背帐风摇红蜡滴，惹香暖梦绣衾重，
觉来枕上怯晨钟。

其六

云澹风高叶乱飞，小庭寒雨绿苔微，
深闺人静掩屏帏。

粉黛[2]暗愁金带枕，鸳鸯空绕画罗衣，
那堪辜负不思归。

---

1 冷莎偎砌：莎草偎倚庭阶而长。
2 粉黛：此处代指闺中人。

其七

雁响遥天玉漏清，小纱窗外月胧明，
翠帏金鸭炷香平。

何处不归音信断，良宵空使梦魂惊，
簟凉枕冷不胜情。

其八

露白蟾明又到秋，佳期幽会两悠悠，
梦牵情役几时休。

记得泥人[1]微敛黛，无言斜倚小书楼，
暗思前事不胜愁。

1 泥人：留恋人。

清／蒋廷锡／蜀葵萱花图

酒泉子

其一

杨柳舞风，轻惹春烟残雨。
杏花愁，莺正语，画楼东。

锦屏寂寞思无穷，还是不知消息。
镜尘生，珠泪滴，损仪容。

其二

罗带缕金，兰麝烟凝魂断。
画屏欹，云鬓乱，恨难任。

几回垂泪滴鸳衾，薄情何处去。
月临窗，花满树，信沉沉。

其三

小槛日斜，风度绿窗人悄悄。
翠帏闲掩舞双鸾，旧香寒。

别来情绪转难拚[1]，韶颜看却老。
依稀粉上有啼痕，暗消魂。

其四

黛薄红深，约掠[2]绿鬟云腻。
小鸳鸯，金翡翠，称人心。

锦鳞[3]无处传幽意，海燕兰堂春又去。
隔年书，千点泪，恨难任。

---

1 难拚：难舍。
2 约掠：简单地梳理束发。
3 锦鳞：鱼。古有鱼雁传书之说，故此处代指书信。

其五

掩却菱花，收拾翠钿休上面[1]。
金虫玉燕[2]，锁香奁，恨厌厌。

云鬟半坠懒重篸，泪侵山枕湿。
银灯背帐梦方酣，雁飞南。

其六

水碧风清，入槛细香红藕腻。
谢娘敛翠，恨无涯，小屏斜。

堪憎荡子不还家，谩留[3]罗带结。
帐深枕腻炷沉烟，负当年。

1 休上面：不戴面妆和头饰。
2 金虫玉燕：头饰。
3 谩留：空留。

其七

黛怨红羞，掩映画堂春欲暮。
残花微雨，隔青楼，思悠悠。

芳菲时节看将度，寂寞无人还独语。
画罗襦，香粉污，不胜愁。

清／马逸／国色天香图

杨柳枝

秋夜香闺思寂寥，漏迢迢[1]。
鸳帏罗幌麝烟消，烛光摇。

正忆玉郎游荡去，无寻处。
更闻帘外雨萧萧，滴芭蕉。

遐方怨

帘影细，簟纹平。
象纱[2]笼玉指，缕金罗扇轻。
嫩红双脸似花明，两条眉黛远山横。

风箫歇，镜尘生。
辽塞音书绝，梦魂长暗惊。
玉郎经岁负娉婷，教人争不恨无情。

---

1 漏迢迢：漏声悠长。
2 象纱：纱名。

献衷心

绣鸳鸯帐暖，画孔雀屏欹。
人悄悄，月明时。
想昔年欢笑，恨今日分离。
银缸背，铜漏永，阻佳期。

小炉烟细，虚阁帘垂。
几多心事，暗地思惟。
被娇娥牵役，魂梦如痴。
金闺里，山枕上，始应知。

清 / 金农 / 花卉册（其一）

应天长

瑟瑟罗裙金线缕，轻透鹅黄香画袴[1]。
垂交带，盘鹦鹉[2]，
袅袅翠翘移玉步。

背人匀檀注[3]，慢转横波偷觑。
敛黛春情暗许，倚屏慵不语。

1 画袴：彩色套裤。
2 盘鹦鹉：绣带上的鹦鹉图案。
3 檀注：唇上的胭红。

诉衷情

其一

香灭帘垂春漏永，整鸳衾。
罗带重，双凤，缕黄金。

窗外月光临，沉沉。
断肠无处寻，负春心。

其二

永夜抛人何处去，绝来音。
香阁掩，眉敛，月将沉。

争[1]忍不相寻？怨孤衾。
换我心，为你心，始知相忆深。

---

1 争：怎。

荷叶杯

其一

春尽小庭花落，寂寞。
凭槛敛双眉，忍教成病忆佳期。
知么知，知么知。

其二

歌发谁家筵上，寥亮[1]。
别恨正悠悠，兰釭背帐月当楼。
愁么愁，愁么愁。

其三

弱柳好花尽坼[2]，晴陌。
陌上少年郎，满身兰麝扑人香。
狂么狂，狂么狂。

---

1 寥亮：嘹亮，声音清越高远。
2 尽坼（chè）：尽裂。

其四

记得那时相见，胆颤。
鬓乱四肢柔，泥人无语不抬头。
羞么羞，羞么羞。

其五

夜久歌声怨咽，残月。
菊冷露微微，看看湿透缕金衣。
归么归，归么归。

其六

我忆君诗最苦，知否。
字字尽关心，红笺写寄表情深。
吟么吟，吟么吟。

其七

金鸭香浓鸳被，枕腻。
小髻簇花钿，腰如细柳脸如莲。
怜么怜，怜么怜。

其八

曲砌[1]蝶飞烟暖，春半。
花发柳垂条，花如双脸柳如腰。
娇么娇，娇么娇。

其九

一去又乖期信[2]，春尽。
满院长莓苔，手挼裙带独徘徊。
来么来，来么来。

---

1 曲砌：曲折的台阶。
2 乖期信：违背约会的日期。

渔歌子

晓风清，幽沼绿，倚栏凝望珍禽浴。
画帘垂，翠屏曲，满袖荷香馥郁[1]。

好摅怀[2]，堪寓目[3]，身闲心静平生足。
酒杯深，光影促[4]，名利无心较逐[5]。

1 馥郁：香气浓烈。
2 摅（shū）怀：抒怀。
3 寓目：观看，过目。
4 光影促：岁月短促。
5 较逐：角逐。

清／沈铨／孔雀玉兰牡丹图

临江仙

其一

碧染长空池似镜，倚楼闲望凝情，
满衣红藕细香清。
象床珍簟，山障掩，[1]玉琴横。

暗想昔时欢笑事，如今赢得愁生。
博山炉暖澹烟轻。
蝉吟人静，残日傍，小窗明。

1 山障掩：屏风掩。

其二

幽闺小槛春光晚，柳浓花澹莺稀。
旧欢思想[1]尚依依。
翠颦红敛，终日损芳菲[2]。

何事狂夫[3]音信断，不如梁燕犹归。
画堂深处麝烟微。
屏虚枕冷，风细雨霏霏。

其三

月色穿帘风入竹，倚屏双黛愁时。
砌花[4]含露两三枝。
如啼恨脸，魂断损容仪。

香烬暗消金鸭冷，可堪辜负前期。
绣襦不整鬓鬟欹。
几多惆怅，情绪在天涯。

---

1 思想：思念。
2 损芳菲：比喻红颜衰老。
3 狂夫：对夫婿的怒称。
4 砌花：种植在台阶前的花。

清 / 金农 / 花卉册（其一）

醉公子

其一

漠漠秋云澹，红藕香侵槛。
枕倚小山屏，金铺[1]向晚扃[2]。

睡起横波[3]慢，独望情何限。
衰柳数声蝉，魂消似去年。

其二

岸柳垂金线，雨晴莺百啭。
家住绿杨边，往来多少年。

马嘶芳草远，高楼帘半卷。
敛袖翠蛾攒，相逢尔许难[4]。

---

1 金铺：此处指门。
2 扃（jiōng）：关闭。
3 横波：眼神。
4 尔许难：如此难。

更漏子

旧欢娱，新怅望，拥鼻含嚬楼上。
浓柳翠，晚霞微，江鸥接翼飞。

帘半卷，屏斜掩，远岫[1]参差迷眼。
歌满耳，酒盈樽，前非不要论。

1 远岫：远山。

清 / 李鱓 / 花鸟册（其一）

清 / 郎世宁 / 花鸟图册（其一）

孙光宪

六十一首

孙光宪（？—968），字孟文，自号葆光子。五代十国荆南文学家。出身农家，好读书，老而不衰，藏书丰富，著作颇多。后唐时官至检校秘书监兼御史大夫等职。

清／李鱓／花鸟册（其一）

浣溪沙

其一

蓼岸[1]风多橘柚香，江边一望楚天[2]长，
片帆烟际闪孤光。

目送征鸿飞杳杳，思随流水去茫茫，
兰红波碧忆潇湘。

其二

桃杏风香帘幕闲，谢家门户约花关[3]，
画梁幽语燕初还。

绣阁数行题了壁，晓屏一枕酒醒山[4]，
却疑身是梦魂间。

---

1 蓼岸：长满水蓼的江岸。
2 楚天：指楚地的天空。
3 约花关：将花关于院子里。
4 山：山枕。

其三

花渐凋疏不耐风，画帘垂地晚堂空，
堕阶萦藓[1]舞愁红[2]。

腻粉半粘金靥子[3]，残香犹暖绣熏笼，
蕙心[4]无处与人同。

其四

揽镜无言泪欲流，凝情半日懒梳头，
一庭疏雨湿春愁。

杨柳只知伤怨别，杏花应信损娇羞，
泪沾魂断轸[5]离忧。

---

1 萦（yíng）藓：指绕阶而生的苔藓。
2 愁红：指落花，下句“腻粉”同。
3 金靥子：黄星靥，一种面妆。
4 蕙心：喻女子纯美之心。
5 轸：悲痛。

其五

半踏[1]长裾宛约行，晚帘疏处见分明，
此时堪恨昧平生。

早是消魂残烛影，更愁闻着品[2]弦声，
杳无消息若为情[3]。

其六

兰沐[4]初休曲槛前，缓风迟日[5]洗头天，
湿云新敛未梳蝉。

翠袂半将遮粉臆[6]，宝钗长欲坠香肩，
此时模样不禁怜。

1 半踏：小步。
2 品：弹奏。
3 若为情：如何才能共情。
4 兰沐：以兰香洗发。
5 迟日：春日。
6 粉臆：白嫩的胸。

其七

风递残香出绣帘，团窠[1]金凤舞襜襜[2]，
落花微雨恨相兼。

何处去来狂太甚，空推宿酒[3]睡无厌[4]，
争教人不别猜嫌。

其八

轻打银筝坠燕泥，断丝高罥[5]画楼西，
花冠[6]闲上午墙啼。

粉箨[7]半开新竹径，红苞尽落旧桃蹊[8]，
不堪终日闭深闺。

---

1 团窠（kē）金凤：指绣帘上的纹饰图案。
2 襜襜（chān）：舞动的样子。
3 宿酒：昨夜饮的酒。
4 睡无厌：睡不足。
5 高罥（juàn）：高挂。
6 花冠：雄鸡。
7 粉箨（tuò）：竹笋壳。
8 桃蹊：桃树下的路。

其九

乌帽[1]斜欹倒佩鱼[2]，静街偷步访仙居，
隔墙应认打门初。

将见客时微掩敛，得人怜处且生疏，
低头羞问壁边书。

---

1 乌帽：乌纱帽。为隋唐帝王贵胄所戴，后渐行于民间。
2 佩鱼：唐时五品官以上的佩饰。

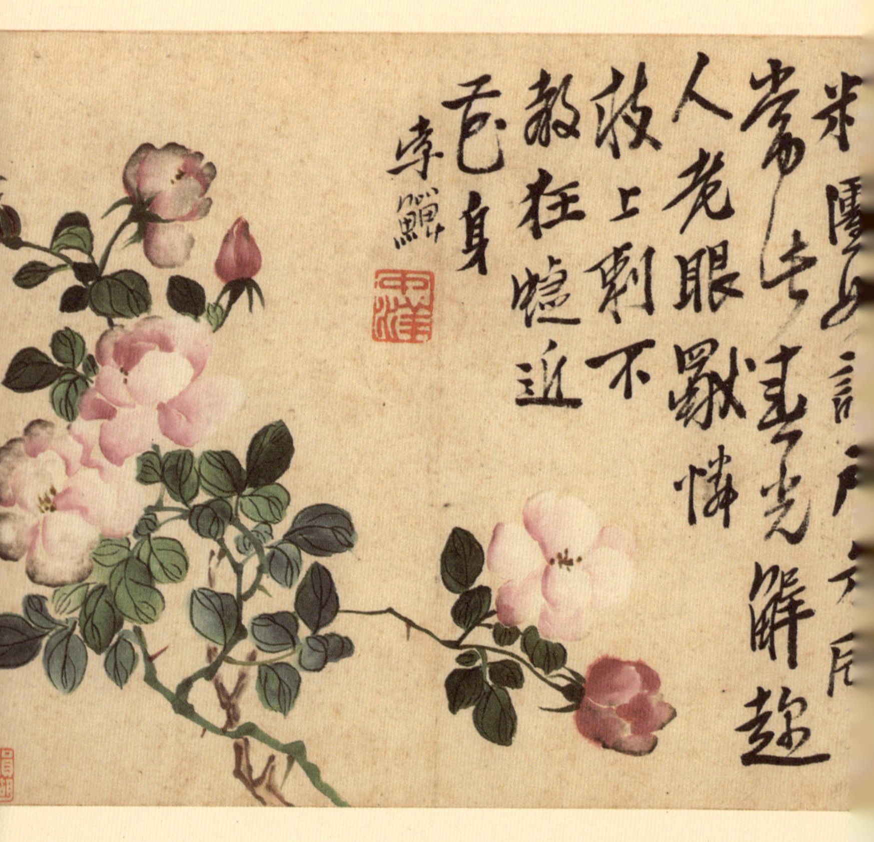

清 / 李鱓 / 花鸟册（其一）

河传

其一

太平天子，[1]等闲游戏，疏河千里。
柳如丝，偎倚渌波春水，长淮[2]风不起。

如花殿脚三千女，[3]争云雨，何处留人住？
锦帆风，烟际红，烧空，魂迷大业[4]中。

其二

柳拖金缕，着烟笼雾，蒙蒙落絮。
凤凰舟上，楚女妙舞，雷喧波上鼓。

龙争虎战分中土，人无主，[5]桃叶江南渡[6]。
襞花笺[7]艳，思牵成篇，宫娥相与传。

---

1 太平天子：指隋炀帝。
2 长淮：淮水。
3 “如花”句：为隋炀帝牵羊挽舟的很多美女。
4 大业：隋炀帝年号。
5 “龙争”两句：批隋末群雄争斗，瓜分国土，天下无人主宰。
6 桃叶江南渡：江南桃叶渡。故址在今江苏南京秦淮河畔。
7 襞（bì）花笺：折叠精致华美的诗笺。这里指作诗。

其三

花落烟薄，谢家池阁，寂寞春深。
翠蛾轻敛意沉吟，沾襟，无人知此心。

玉炉香断霜灰冷[1]，帘铺影，梁燕归红杏。
晚来天，空悄然[2]，孤眠，枕檀云髻偏。

其四

风飐波敛，团荷闪闪，珠倾露点。
木兰舟上，何处吴娃越艳[3]，藕花红照脸。

大堤[4]狂杀襄阳客，烟波隔，渺渺湖光白。
身已归，心不归，斜晖，远汀鸂鶒飞。

1 霜灰冷：香灰冷如霜。
2 悄然：忧愁。
3 吴娃越艳：吴越美女。
4 大堤：即《大堤曲》，乐府名。

清 / 李鱓 / 花卉册（其一）

菩萨蛮

其一

月华如水笼香砌，金环碎撼[1]门初闭。
寒影堕高檐，钩垂一面帘。

碧烟轻袅袅，红颤灯花笑。
即此是高唐[2]，掩屏秋梦长。

其二

花冠[3]频鼓墙头翼，东方澹白连窗色。
门外早莺声，背楼残月明。

薄寒笼醉态，依旧铅华[4]在。
握手送人归，半拖金缕衣。

---

1 碎撼：闭门时门环震动声。
2 高唐：用宋玉《高唐赋》楚王游高唐梦神女事。
3 花冠：雄鸡。
4 铅华：铅粉，妇女妆饰品。

其三

小庭花落无人扫，疏香满地东风老。
春晚信沉沉，天涯何处寻。

晓堂屏六扇，眉共湘山远[1]。
争奈别离心，近来尤不禁。

其四

青岩碧洞经朝雨，隔花相唤南溪去。
一只木兰船，波平远浸天。

扣舷[2]惊翡翠，嫩玉抬香臂。
红日欲沉西，烟中遥解觿[3]。

---

1 “眉共”句：眉色如画屏上湘山。即远山眉。
2 扣舷：敲击舷打节拍，以应船歌。
3 解觿（xī）：解下佩物。觿，古人的一种佩饰。

其五

木绵花映丛祠小，越禽[1]声里春光晓。
铜鼓与蛮歌，南人祈赛多。

客帆风正急，茜袖[2]偎樯立。
极浦几回头，烟波无限愁。

1 越禽：南方之鸟，有以为孔雀。
2 茜（qiàn）袖：红色衣袖。

河渎神

其一

汾水[1]碧依依，黄云落叶初飞。
翠华[2]一去不言归，庙门空掩斜晖。

四壁阴森排古画，依旧琼轮羽驾[3]。
小殿沉沉清夜，银灯飘落香灺[4]。

其二

江上草芊芊，春晚湘妃庙前。
一方柳色楚南天，数行征雁联翩。

独倚朱栏情不极，魂断终朝相忆。
两桨不知消息，远汀时起鸂鶒。

---

1 汾水：汾河，今山西省境内。
2 翠华：指神仙仪仗。
3 琼轮羽驾：河神所御的车驾。
4 香灺（xiè）：烛烬。

清 / 郎世宁 / 花鸟图册（其一）

虞美人

其一

红窗寂寂无人语，暗淡梨花雨。
绣罗纹地粉新描，博山[1]香炷[2]旋抽条[3]，暗魂消。

天涯一去无消息，终日长相忆。
教人相忆几时休？不堪枨触[4]别离愁，泪还流。

其二

好风微揭帘旌起，金翼鸾相倚[5]。
翠檐愁听乳禽声，此时春态暗关情，独难平。

画堂流水空相翳[6]，一穗香摇曳。
教人无处寄相思，落花芳草过前期，没人知。

---

1 博山：博山炉，古香炉名，此处代指香炉。
2 香炷：点燃着的香。炷，灯心。
3 抽条：香穗，即灯花。
4 枨（chéng）触：感触。
5 “金翼”句：帘上绣物。
6 翳（yì）：蔽、遮掩。

后庭花

其一

景阳钟动宫莺啭，露凉金殿。
轻飙[1]吹起琼花旋，玉叶如剪。

晚来高阁上，珠帘卷，见坠香千片。
修蛾慢脸[2]陪雕辇[3]，后庭新宴。

其二

石城依旧空江国，故宫春色。
七尺青丝芳草碧，绝世难得。

玉英凋落尽，更何人识，野棠如织。
只是教人添怨忆，怅望无极。

---

1 轻飙（biāo）：微风。
2 修蛾慢脸：长眉娇脸。
3 雕辇：皇帝的车。

生查子

其一

寂寞掩朱门，正是天将暮。
暗澹小庭中，滴滴梧桐雨。

绣工夫，[1]牵心绪，配尽鸳鸯缕。
待得没人时，偎倚论私语。

其二

暖日策花骢，亸鞚[2]垂杨陌。
芳草惹烟青，落絮随风白。

谁家绣毂[3]动香尘，隐映神仙客[4]。
狂杀玉鞭郎，咫尺音容隔。

---

1 绣工夫：刺绣。
2 亸鞚（duǒ kòng）：垂下马勒。
3 绣毂（gǔ）：华美装饰的车。
4 神仙客：这里指车中美女。

其三

金井堕高梧，玉殿笼斜月。
永巷[1]寂无人，敛态愁堪绝。

玉炉寒，香烬灭，还似君恩歇。
翠辇[2]不归来，幽恨将谁说。

1 永巷：皇宫中妃嫔住处，即后宫。
2 翠辇：皇帝所乘的车。

临江仙

其一

霜拍井梧干叶堕，翠帏雕槛初寒。
薄铅残黛称花冠，含情无语，延伫[1]倚栏干。

杳杳征轮何处去，离愁别恨千般。
不堪心绪正多端，镜奁长掩，无意对孤鸾[2]。

其二

暮雨凄凄深院闭，灯前凝坐初更。
玉钗低压鬓云横，半垂罗幕，相映烛光明。

终是有心投汉佩[3]，低头但理秦筝。
燕双鸾耦[4]不胜情，只愁明发[5]，将逐楚云行。

---

1 延伫：久立。
2 孤鸾：镜中孤影。
3 投汉佩：用汉皋游女典故。此指女子有心赠物于情人。
4 鸾耦：鸾偶。
5 明发：黎明。

酒泉子

其一

空碛[1]无边，万里阳关[2]道路。
马萧萧，人去去，陇[3]云愁。

香貂[4]旧制戎衣窄，胡霜千里白。
绮罗心，魂梦隔，上高楼。

其二

曲槛小楼，正是莺花二月。
思无憀，愁欲绝，郁离襟。

展屏空对潇湘水[5]，眼前千万里。
泪掩红，眉敛翠，恨沉沉。

---

1 空碛（qì）：空阔的沙漠。
2 阳关：关名，在今甘肃敦煌市西南。
3 陇：地名。泛指西北塞外。
4 香貂：贵重的貂皮，这里指战袍。
5 潇湘水：此处指屏上的画。

其三

敛态[1]窗前，袅袅雀钗抛颈。
燕成双，鸾对影，耦新知[2]。

玉纤澹拂眉山小，镜中嗔共照。
翠连娟，[3]红缥缈，[4]早妆时。

1 敛态：严肃的神态。
2 耦新知：偶新知，新结识的知己。
3 翠连娟：翠眉细曲。
4 红缥缈：脸泛红晕。

清 / 郎世宁 / 花鸟图册（其一）

清平乐

其一

愁肠欲断，正是青春半。
连理分枝鸾失伴，又是一场离散。

掩镜无语眉低，思随芳草萋萋。
凭仗东风吹梦，与郎终日东西。

其二

等闲无语，春恨如何去？
终是疏狂留不住，花暗柳浓何处。

尽日目断魂飞，晚窗斜界残晖[1]。
长恨朱门薄暮，绣鞍骢马空归。

---

1 斜界残晖：残阳斜照的景色。

更漏子

其一

听寒更，闻远雁，半夜萧娘[1]深院。
扃绣户，下珠帘，满庭喷玉蟾[2]。

人语静，香闺冷，红幕半垂清影。
云雨态，蕙兰心，此情江海深。

其二

今夜期，来日别，相对只堪愁绝。
偎粉面，捻瑶簪，无言泪满襟。

银箭[3]落，霜华薄，墙外晓鸡咿喔。
听付嘱，恶情悰，[4]断肠西复东。

---

1 萧娘：女子的泛称。
2 喷玉蟾：洒下月光。
3 银箭：银制漏箭。古代计时器。
4 恶情悰（cóng）：讨厌这种离别的愁绪。悰，思绪。

女冠子

其一

蕙风芝露，坛际[1]残香轻度。
蕊珠宫，[2]苔点分圆碧，桃花践破红。

品流巫峡外，名籍紫微[3]中。
真侣墉城[4]会，梦魂通。

其二

澹花瘦玉，依约神仙妆束。
佩琼文，瑞露通宵贮，幽香尽日焚[5]。

碧纱笼绛节[6]，黄藕冠[7]浓云[8]。
勿以吹箫伴，不同群。

---

1 坛际：祭坛边。
2 蕊珠宫：神仙所居处。
3 紫微：仙府，天帝所居。
4 墉城：神仙所居地。
5“瑞露”二句：指为修炼，通宵贮露，终日焚香。
6 绛节：绛红色符节。
7 黄藕冠：黄藕色的冠。
8 浓云：指头发。

风流子

其一

茅舍槿篱溪曲，鸡犬自南自北。
菰叶长，水葓[1]开，门外春波涨渌。
听织，声促，轧轧鸣梭穿屋。

其二

楼倚长衢[2]欲暮，瞥见神仙伴侣。
微傅粉，拢梳头，隐映画帘开处。
无语，无绪，慢曳罗裙归去。

其三

金络玉衔嘶马，系向绿杨阴下。
朱户掩，绣帘垂，曲院水流花谢。
欢罢，归也，犹在九衢深夜。

---

1 菰（gū）叶、水葓：两种浅水生植物。
2 长衢：长街。

清 / 郎世宁 / 花鸟图册（其一）

清 / 郎世宁 / 花鸟图册（其一）

定西番

其一

鸡禄山[1]前游骑，
边草白，朔天[2]明，马蹄轻。

鹊面弓离短韔[3]，弯来月欲成。
一只鸣髇[4]云外，晓鸿惊。

其二

帝子[5]枕前秋夜，
霜幄冷，月华明，正三更。

何处戍楼寒笛，梦残闻一声。
遥想汉关万里，泪纵横。

---

1 鸡禄山：山名，今内蒙古境内。
2 朔天：北方的天。
3 韔（chàng）：弓囊。
4 鸣髇（xiāo）：响箭。
5 帝子：帝王之女。指汉代去西番和亲的公主。

河满子

冠剑不随君去，江河还共恩深。
歌袖半遮眉黛惨，泪珠旋滴衣襟。
惆怅云愁雨怨，断魂何处相寻。

玉蝴蝶

春欲尽，景仍长，满园花正黄。
粉翅[1]两悠飏[2]，翩翩过短墙。

鲜飙[3]暖，牵游伴，飞去立残芳。
无语对萧娘，舞衫沉麝香。

---

1 粉翅：蝴蝶。
2 两悠飏：两翅飞扬。
3 鲜飙：清新的春风。

八拍蛮

孔雀尾拖金线长，怕人飞起入丁香。
越女沙头争拾翠[1]，相呼归去背斜阳。

1 拾翠：拾取翠鸟羽毛以为饰品，这里指妇女春游。

竹枝

其一

门前春水［竹枝］白蘋花［女儿］，[1]
岸上无人［竹枝］小艇斜［女儿］。
商女[2]经过［竹枝］江欲暮［女儿］，
散抛残食［竹枝］饲神鸦[3]［女儿］。

其二

乱绳千结［竹枝］绊人深［女儿］，
越罗万丈［竹枝］表长寻[4]［女儿］。
杨柳在身［竹枝］垂意绪［女儿］，
藕花落尽［竹枝］见莲心[5]［女儿］。

---

1 竹枝、女儿：唱歌时众人随和的声字。下同。
2 商女：歌女。
3 神鸦：乌鸦，因栖息于神祠而称。
4 寻：长度单位，八尺为一寻。
5 莲心：双关“怜心”。

思帝乡

如何？遣情情更多。
永日水堂帘下，敛羞蛾。
六幅罗裙窣地，微行曳碧波。
看尽满池疏雨，打团荷。

清 / 钱维城 / 山水花鸟册（其一）

上行杯

其一

草草离亭鞍马，从远道此地分衿[1]。
燕宋秦吴千万里。

无辞一醉。野棠开，江草湿。
伫立，沾泣，征骑骎骎[2]。

其二

离棹逡巡[3]欲动，临极浦故人相送。
去住心情知不共。

金船[4]满捧。绮罗愁，丝管咽。
回别，帆影灭，江浪如雪。

---

1 分衿：分别。
2 骎骎（qīn）：马疾行貌。
3 逡巡：迟疑徘徊，欲行又止。
4 金船：大酒器。

谒金门

留不得，留得也应无益。
白纻春衫如雪色，扬州初去日。

轻别离，甘抛掷。江上满帆风疾。
却羡彩鸳三十六，孤鸾还一只。

思越人

其一

古台[1]平，芳草远，馆娃宫[2]外春深。
翠黛空留千载恨，教人何处相寻。

绮罗无复当时事，露花点滴香泪。
惆怅遥天横渌水，鸳鸯对对飞起。

其二

渚莲枯，宫树老，长洲[3]废苑萧条。
想象玉人[4]空处所，月明独上溪桥。

经春初败秋风起，红兰绿蕙愁死。
一片风流伤心地，魂消目断西子。

---

1 古台：此处指姑苏台。吴王夫差为西施而筑。
2 馆娃宫：吴王夫差为西施建。
3 长洲：今江苏吴县市太湖北。
4 玉人：指西施。

杨柳枝

其一

阊门[1]风暖落花干，飞遍江城雪不寒。
独有晚来临水驿，闲人多凭赤栏干。

其二

有池有榭即蒙蒙[2]，浸润翻成长养[3]功。
恰似有人长点检[4]，着行[5]排立向春风。

---

1 阊（chāng）门：吴王阖闾所建的城门，为苏州城西门。
2 蒙蒙：柳絮飞舞之状。
3 长养：长期养育。
4 长点检：常清理。
5 着行（háng）：成行。

其三

根柢[1]虽然傍浊河，无妨终日近笙歌。
毵毵金带[2]谁堪比，还共黄莺不较多。

其四

万株枯槁怨亡隋，似吊吴台[3]各自垂。
好是淮阴明月里，酒楼横笛不胜吹。

1 根柢（dǐ）：此处指杨柳的根部。
2 毵毵（cān）金带：形容柳条如随风飘舞的金带。
3 吴台：姑苏台。

望梅花

数枝开与短墙平，见雪萼红跗[1]相映。
引起谁人边塞情。

帘外欲三更，吹断离愁月正明，
空听隔江声。

1 红跗（fū）：红色花萼的基部。

渔歌子

其一

草芊芊，波漾漾，湖边草色连波涨。
沿蓼岸，泊枫汀，天际玉轮[1]初上。

扣舷歌，联极望，[2]桨声伊轧知何向。
黄鹄[3]叫，白鸥眠，谁似侬家疏旷。

其二

泛流萤，明又灭，夜凉水冷东湾阔。
风浩浩，笛寥寥，万顷金波[4]澄澈。

杜若[5]洲，香郁烈，一声宿雁霜时节。
经霅水[6]，过松江，尽属侬家日月。

---

1 玉轮：月亮。
2 联极望：四面张望。
3 黄鹄（hú）：天鹅。
4 金波：月光。
5 杜若：香草名。
6 霅（zhá）水：水名。在今浙江省境内。

清 / 余稚 / 花鸟图册（其一）

魏承斑 十五首

魏承斑，生卒年不详。其父为前蜀皇帝王建养子，曾获封齐王。承斑为驸马都尉，官至太尉。前蜀国亡后，与其父同时被杀。

清 / 余稚 / 花鸟图册（其一）

菩萨蛮

其一

罗裾薄薄秋波染，眉间画时山两点。
相见绮筵时，深情暗共知。

翠翘云鬓动，敛态弹金凤[1]。
宴罢入兰房，邀人解佩珰[2]。

其二

罗衣隐约金泥画[3]，玳筵[4]一曲当秋夜。
声颤觑人娇，云鬟袅翠翘。

酒醺红玉[5]软，眉翠秋山远。
绣幌麝烟沉，谁人知两心。

---

1 金凤：有金凤图案的琴。
2 佩珰：玉佩耳环之类的饰品。
3 金泥画：泥金画，金粉涂饰的画。
4 玳筵：盛筵。
5 红玉：以红色玉石喻美人。

满宫花

雪霏霏，风凛凛，玉郎何处狂饮。
醉时想得纵风流，罗帐香帏鸳寝。

春朝秋夜思君甚，愁见绣屏孤枕。
少年何事负初心，泪滴缕金双衽[1]。

1 双衽（rèn）：双袖。

清 / 余稚 / 花鸟图册（其一）

木兰花

小芙蓉，香旖旎[1]，碧玉堂深清似水。
闭宝匣，掩金铺，倚屏拖袖愁如醉。

迟迟好景烟花媚，曲渚鸳鸯眠锦翅。
凝然愁望静相思，一双笑靥[2]嚬香蕊[3]。

1 旖旎（yǐ nǐ）：柔美貌。
2 笑靥：笑时面颊上的酒窝。
3 香蕊：靥饰。

玉楼春

其一

寂寂画堂梁上燕，高卷翠帘横数扇[1]。
一庭春色恼人来，满地落花红几片。

愁倚锦屏低雪面，泪滴绣罗金缕线。
好天凉月尽伤心，为是玉郎长不见。

其二

轻敛翠蛾呈皓齿，莺啭[2]一枝花影里。
声声清迥[3]遏行云[4]，寂寂画梁尘暗起[5]。

玉斝[6]满斟情未已，促坐王孙公子醉。
春风筵上贯珠[7]匀，艳色韶颜娇旖旎。

---

1 横数扇：窗开数扇。
2 莺啭：歌声如莺鸣百啭。
3 清迥：清远。
4 遏行云：阻遏行云，喻歌声响亮美妙。
5 “寂寂”句：形容歌声响亮震动梁上尘土。
6 玉斝（jiǎ）：玉酒杯。
7 贯珠：喻歌声圆润美妙。

清 / 余稚 / 花鸟图册（其一）

诉衷情

其一

高歌宴罢月初盈，诗情引恨情。
烟露冷，水流轻，思想梦难成。

罗帐袅香平，恨频生。
思君无计睡还醒，隔层城[1]。

其二

春深花簇小楼台，风飘锦绣开[2]。
新睡觉，步香阶，山枕印红腮。

鬓乱坠金钗，语檀[3]偎。
临行执手重重嘱，几千回。

---

1 层城：传说昆仑山有层城九重，上层为太帝所居。这里比喻相隔遥远。
2 锦绣开：这里指锦绣帘开。
3 檀：檀郎，代指情郎。一说为檀口，浅红的嘴唇。

其三

银汉云晴玉漏长，蛩声悄画堂。
筠簟[1]冷，碧窗凉，红蜡泪飘香。

皓月泻寒光，割人肠。
那堪独自步池塘，对鸳鸯。

其四

金风[2]轻透碧窗纱，银釭焰影斜。
欹枕卧，恨何赊[3]，山掩小屏霞。

云雨别吴娃，想容华。
梦成几度绕天涯，到君家。

---

1 筠簟（yún diàn）：竹席。
2 金风：秋风。
3 何赊：何多。

其五

春情满眼脸红绡[1]，娇妒索人饶。
星靥[2]小，玉珰摇，几共醉春朝。

别后忆纤腰，梦魂劳。
如今风叶又萧萧，恨迢迢。

---

1 脸红绡：脸色红润如薄绸。
2 星靥：脸上的酒窝。

生查子

其一

烟雨晚晴天，零落花无语。
难话此时心，梁燕双来去。

琴韵对薰风[1]，有恨和情抚。
肠断断弦频，泪滴黄金缕。

其二

寂寞画堂空，深夜垂罗幕。
灯暗锦屏欹，月冷珠帘薄。

愁恨梦难成，何处贪欢乐。
看看又春来，还是长萧索。

1 薰风：香风。

清 / 余稚 / 花鸟图册（其一）

黄钟乐

池塘烟暖草萋萋，惆怅闲宵含恨，
愁坐思堪迷。
遥想玉人情事远，音容浑似隔桃溪。

偏记同欢秋月低，帘外论心[1]花畔，
和醉暗相携。
何事春来君不见，梦魂长在锦江西。

1 论心：谈心。

渔歌子

柳如眉，云似发。蛟绡雾縠笼香雪[1]。
梦魂惊，钟漏歇，窗外晓莺残月。

几多情，无处说。落花飞絮清明节。
少年郎，容易别，一去音书断绝。

---

1 香雪：形容人的肌肤美白。

清 / 余稚 / 花鸟图册（其一）

鹿虔扆

六首

鹿虔扆（yǐ），生卒年不详。后蜀进士，曾为永泰军节度使，进检校太尉，加太保。蜀亡后不仕。

临江仙

其一

金锁重门荒苑静，绮窗愁对秋空。
翠华一去寂无踪，[1] 玉楼歌吹，声断已随风。

烟月不知人事改，夜阑还照深宫。
藕花相向野塘中，暗伤亡国，清露泣香红。

其二

无赖[2] 晓莺惊梦断，起来残醉初醒。
映窗丝柳袅烟青，翠帘慵卷，约砌[3] 杏花零。

一自玉郎游冶去，莲凋月惨[4] 仪形。
暮天微雨洒闲庭，手挼[5] 裙带，无语倚云屏。

---

1 “翠华”句：指后蜀国亡事。翠华：喻皇帝仪仗，借指蜀后主仪仗。
2 无赖：无奈。
3 约砌：沿着台阶。
4 莲凋月惨：如凋谢之莲，如惨淡之月，形容仪容。
5 挼（ruó）：揉搓。

女冠子

其一

凤楼琪树，惆怅刘郎一去，正春深。
洞里愁空结，人间信莫寻[1]。

竹疏斋殿迥[2]，松密醮坛阴。
倚云低首望，可知心。

其二

步虚坛[3]上，绛节霓旌相向，引真仙。
玉佩摇蟾影，金炉袅麝烟。

露浓霜简湿，风紧羽衣[4]偏。
欲留难得住，却归天。

---

1 信莫寻：料想无法寻找。
2 迥：远。
3 步虚坛：道士诵经坛。
4 羽衣：道士服饰。

思越人

翠屏欹，银烛背，漏残清夜迢迢。
双带绣窠盘锦荐，[1]泪浸花暗香消。

珊瑚枕腻鸦鬟[2]乱，玉纤慵整云散。
苦是适来新梦见，离肠争不千断。

1 “双带”句：大意为，彩绣花团的衣带盘曲于锦席。锦荐，锦席。
2 鸦鬟：发式，双鬟。有解为漆黑的鬟发。

虞美人

卷荷香澹浮烟渚，绿嫩擎新雨。
锁窗疏透晓风清，象床珍簟冷光轻，水纹[1]平。

九疑[2]黛色屏斜掩，枕上眉心敛。
不堪相望病将成，钿昏[3]檀粉泪纵横，不胜情。

---

1 水纹：席上的纹。
2 九疑：即九嶷，山名。此处指屏上图案。
3 钿昏：指首饰色泽暗淡。

清 / 余稚 / 花鸟图册（其一）

阎选 八首

阎选，生卒年不详。终身布衣，时称阎处士。

清 / 蒲华 / 竹菊花图

虞美人

其一

粉融红腻莲房绽，[1]脸动双波慢[2]。
小鱼衔玉[3]鬓钗横，石榴裙染象纱轻，转娉婷。

偷期[4]锦浪荷深处，一梦云兼雨。
臂留檀印齿痕香，深秋不寐漏初长，尽思量。

其二

楚腰[5]蛴领[6]团香玉[7]，鬓叠深深绿。
月蛾星眼笑微嚬，柳夭桃艳不胜春，晚妆匀。

水纹簟映青纱帐，雾罩秋波上。
一枝娇卧醉芙蓉，良宵不得与君同，恨忡忡。

1“粉融”句：形容美人脸如莲花绽开。
2 双波慢：形容眼睛之美。双波，眼波。慢，通“曼”，美。
3 小鱼衔玉：指首饰样式。
4 偷期：暗自约会。
5 楚腰：细腰。
6 蛴领：洁白细长的颈。
7 香玉：形容肌肤如玉。

临江仙

其一

雨停荷芰逗[1]浓香，岸边蝉噪垂杨。
物华[2]空有旧池塘。
不逢仙子，何处梦襄王。[3]

珍簟对欹鸳枕冷，此来尘暗凄凉。
欲凭危槛恨偏长。
藕花珠缀，犹似汗凝妆。

1 逗：透逗、透出。
2 物华：自然美景。
3 “不逢”两句：用宋玉《高唐赋》楚王与巫山女事。

其二

十二高峰[1]天外寒，竹梢轻拂仙坛。
宝衣[2]行雨在云端。
画帘深殿，香雾冷风残。

欲问楚王何处去？翠屏犹掩金鸾。
猿啼明月照空滩。
孤舟行客，惊梦亦艰难。

1 十二高峰：指巫山十二峰，用宋玉《高唐赋》巫山神女事。
2 宝衣：巫山神女所穿。

浣溪沙

寂寞流苏冷绣茵，倚屏山枕惹香尘，
小庭花露泣浓春。

刘阮信非仙洞客，[1]嫦娥终是月中人，
此生无路访东邻[2]。

1“刘阮”句：指刘晨、阮肇采药遇仙女事。信非，确实不是。
2 东邻：借指美女。

八拍蛮

其一

云锁嫩黄烟柳细，风吹红蒂雪梅残。
光影不胜闺阁恨，行行坐坐[1]黛眉攒。

其二

愁锁黛眉烟易惨，泪飘红脸粉难匀。
憔悴不知缘底事[2]，遇人推道[3]不宜春。

1 行行坐坐：行坐不安状。
2 缘底事：缘何事。
3 推道：推说。

河传

秋雨，秋雨，无昼无夜，滴滴霏霏。
暗灯凉簟怨分离，妖姬，不胜悲。

西风稍急喧窗竹，停又续，腻脸悬双玉[1]。
几回邀约雁来时，违期，雁归人不归。

1 双玉：双泪。

清／吴昌硕／牡丹水仙图

清 / 吴昌硕 / 冷艳捐二玉（局部）

尹鹗 六首

尹鹗，生卒年不详，成都人。仕前蜀为翰林、校书郎，累官至参卿。

临江仙

其一

一番荷芰生池沼，槛前风送馨香。
昔年于此伴萧娘[1]，相偎伫立，牵惹叙衷肠。

时逞笑容无限态，还如菡萏争芳。
别来虚遣思悠飏，慵窥往事，金锁小兰房。

其二

深秋寒夜银河静，月明深院中庭。
西窗乡梦等闲成，逡巡觉后，[2]特地恨难平。

红烛半消残焰短，依稀暗背银屏。
枕前何事最伤情，梧桐叶上，点点露珠零。

---

1 萧娘：女子的泛称。
2 逡巡觉后：顷刻醒来后。

满宫花

月沉沉，人悄悄，一炷后庭香袅。
风流帝子不归来，满地禁花慵扫。

离恨多，相见少，何处醉迷三岛[1]。
漏清宫树子规啼，愁锁碧窗春晓。

1 三岛：仙境，即三神山。

杏园芳

严妆嫩脸花明，教人见了关情。
含羞举步越罗轻，称娉婷。

终朝咫尺窥香阁，迢遥似隔层城[1]。
何时休遣梦相萦，入云屏[2]。

1 隔层城：隔仙境，比喻难相见。
2 入云屏：屏画中相见，引申为梦中相见。

醉公子

暮烟笼藓砌[1]，戟门[2]犹未闭。
尽日醉寻春，归来月满身。

离鞍偎绣袂[3]，坠巾花乱缀。
何处恼佳人，檀痕[4]衣上新。

1 藓砌：有苔藓的台阶。
2 戟门：显贵家的门，门前立戟，故称。
3 绣袂：代指女子。
4 檀痕：口红。

菩萨蛮

陇云暗合秋天白，俯窗独坐窥烟陌。
楼际角重吹，黄昏方醉归。

荒唐难共语，明日还应去。
上马出门时，金鞭莫与伊。

清／吴昌硕／天竹水仙图

清 / 任颐 / 花卉册（其一）

毛熙震 二十九首

毛熙震，蜀人，生卒年不详。

仕后蜀，官至秘书监。

清／吴昌硕／沈香亭牡丹图

浣溪沙

其一

春暮黄莺下砌前，水晶帘影露珠悬，
绮霞低映晚晴天。

弱柳万条垂翠带，残红满地碎香钿，
蕙风飘荡散轻烟。

其二

花榭香红烟景迷，满庭芳草绿萋萋，
金铺闲掩绣帘低。

紫燕一双娇语碎，翠屏十二晚峰[1]齐，
梦魂消散醉空闺。

---

1 十二晚峰：巫山十二峰。

其三

晚起红房醉欲消，绿鬟云散袅金翘，
雪香花语不胜娇。

好是向人柔弱处，玉纤时急[1]绣裙腰，
春心牵惹转无憀。

其四

一只横钗坠髻丛，静眠珍簟起来慵，
绣罗红嫩抹酥胸[2]。

羞敛细蛾魂暗断，困迷无语思犹浓，
小屏香霭碧山重。

---

1 急：紧。
2 抹酥胸：即抹胸，胸间小衣。

其五

云薄罗裙绶带长，满身新裛[1]瑞龙香，
翠钿斜映艳梅妆[2]。

佯不觑人空婉约，笑和娇语太猖狂，
忍教牵恨暗形相[3]。

其六

碧玉冠轻袅燕钗，捧心无语步香阶，
缓移弓底绣罗鞋。

暗想欢娱何计好，岂堪期约有时乖[4]，
日高深院正忘怀。

1 裛（yì）：熏染。
2 艳梅妆：即梅花妆。
3 暗形相：偷看、暗中打量。
4 乖：背离、违背。

其七

半醉凝情卧绣茵[1]，睡容无力卸罗裙，
玉笼鹦鹉厌听闻。

慵整落钗金翡翠，象梳[2]欹鬓月生云，
锦屏绡幌麝烟熏。

---

1 绣茵：绣花垫褥。
2 象梳：象牙梳。

临江仙

其一

南齐天子[1]宠婵娟[2]，六宫罗绮三千。
潘妃[3]娇艳独芳妍，椒房兰洞，云雨降神仙。

纵态迷欢心不足，风流可惜当年。
纤腰婉约步金莲[4]，妖君倾国，[5]犹自至今传。

其二

幽闺欲曙闻莺啭，红窗月影微明。
好风频谢落花声，隔帏残烛，犹照绮屏筝。

绣被锦茵眠玉[6]暖，炷香斜袅烟轻。
澹蛾羞敛不胜情，暗思闲梦，何处逐云行。

---

1 南齐天子：南朝齐帝萧宝卷，国亡被杀。
2 婵娟：泛指美女，一指潘妃。
3 潘妃：萧宝卷之宠妃，国亡后自缢。
4 约步金莲：萧宝卷曾命人凿金为莲花以贴地，使潘妃行其上，曰："此步步生莲华也。"
5 妖君倾国：媚惑国君，使国家倾覆。
6 眠玉：指睡眠中的美人。

更漏子

其一

秋色清，河影澹，深户烛寒光暗。
绡幌碧，锦衾红，博山香炷融。

更漏咽，蛩鸣切，满院霜华如雪。
新月上，薄云收，映帘悬玉钩[1]。

其二

烟月寒，秋夜静，漏转金壶初永[2]。
罗幕下，绣屏空，灯花结碎红。

人悄悄，愁无了，思梦不成难晓。
长忆得，与郎期，窃香[3]私语时。

---

1 玉钩：弯月。
2 初永：深秋夜转长，或长夜刚刚开始。
3 窃香：指男女幽会偷情。典出晋贾充之女窃香私赠情郎韩寿事。

清 / 吴昌硕 / 写意花卉

女冠子

其一

碧桃红杏，迟日[1]媚笼光影，彩霞深。
香暖薰莺语，风清引鹤音。

翠鬟冠玉叶[2]，霓袖[3]捧瑶琴。
应共吹箫侣[4]，暗相寻。

其二

修蛾慢脸，[5]不语檀心[6]一点，小山妆。
蝉鬓低含绿，罗衣澹拂黄。

闷来深院里，闲步落花傍。
纤手轻轻整，玉炉香。

---

1 迟日：春日。
2 玉叶：女冠头上所戴物。
3 霓袖：彩袖。
4 吹箫侣：指弄玉和萧史事。
5 修蛾慢脸：细长的眉、修美的脸。慢，通“曼”。
6 檀心：红唇。

清平乐

春光欲暮，寂寞闲庭户。
粉蝶双双穿槛舞，帘卷晚天疏雨。

含愁独倚闺帏，玉炉烟断香微。
正是消魂时节，东风满树花飞。

南歌子

其一

远山愁黛碧，横波慢脸明。
腻香红玉茜罗轻。
深院晚堂人静，理银筝。

鬓动行云影，裙遮点屐声。
娇羞爱问曲中名。
杨柳杏花时节，几多情？

其二

惹恨还添恨，牵肠即断肠。
凝情不语一枝芳。
独映画帘闲立，绣衣香。

暗想为云女[1]，应怜傅粉郎[2]。
晚来轻步出闺房。
髻慢[3]钗横无力，纵猖狂。

---

1 为云女：指巫山神女。比喻所思美女。
2 傅粉郎：指魏何晏，后世以此泛指美男子。
3 髻慢：发髻乱。慢通“漫”，散乱。

河满子

其一

寂寞芳菲暗度，岁华如箭堪惊。
缅想旧欢多少事，转添春思难平。
曲槛丝垂金柳，小窗弦断银筝。

深院空闻燕语，满园闲落花轻。
一片相思休不得，忍教长日愁生。
谁见夕阳孤梦，觉来无限伤情。

其二

无语残妆澹薄，含羞亸袂[1]轻盈。
几度香闺眠过晓，绮窗疏日微明。
云母帐[2]中偷惜，水晶枕上初惊。

笑靥嫩疑花坼，愁眉翠敛山横。
相望只教添怅恨，整鬟时见纤琼[3]。
独倚朱扉闲立，谁知别有深情。

---

1 亸（duǒ）袂：垂袖。
2 云母帐：以云母为饰的帐。
3 纤琼：指佳人手指。

清／吴昌硕／菊花

小重山

梁燕双飞画阁前，寂寥多少恨，懒孤眠。
晓来闲处想君怜。
红罗帐，金鸭[1]冷沉烟。

谁信损婵娟[2]，倚屏啼玉箸[3]，湿香钿。
四肢无力上秋千。
群花谢，愁对艳阳天。

1 金鸭：金鸭香炉。
2 损婵娟：损坏美好姿态。
3 玉箸：比喻眼泪。

定西番

苍翠浓阴满院，
莺对语，蝶交飞，戏蔷薇。
斜日倚栏风好，余香出绣衣。
未得玉郎消息，几时归。

木兰花

掩朱扉，钩翠箔[1]，满院莺声春寂寞。
匀粉泪，恨檀郎，一去不归花又落。

对斜晖，临小阁，前事岂堪重想着。
金带[2]冷，画屏幽，宝帐慵熏兰麝薄。

1 翠箔：翠帘。
2 金带：指金带枕。

后庭花

其一

莺啼燕语芳菲节，瑞庭[1]花发。
昔时欢宴歌声揭[2]，管弦清越。

自从陵谷[3]追游歇，画梁尘黦[4]。
伤心一片如珪月[5]，闲锁宫阙。

其二

轻盈舞妓含芳艳，竞妆新脸。
步摇珠翠修蛾敛，腻鬟云染。

歌声慢发开檀点，绣衫斜掩。
时将纤手匀红脸，笑拈金靥。

---

1 瑞庭：宫庭。
2 揭：揭调、高调。
3 陵谷：指地面高低形势的变动。比喻世事之变迁。
4 尘黦（yuè）：尘斑。
5 珪月：如玉之月。

其三

越罗小袖新香蒨[1]，薄笼金钏。
倚栏无语摇轻扇，半遮匀面。

春残日暖莺娇懒，满庭花片。
争不教人长相见，画堂深院。

1 蒨（qiàn）：同“茜”，大红色。

酒泉子

其一

闲卧绣纬，慵想万般情宠。
锦檀[1]偏，翘股重，翠云欹[2]。

暮天屏上春山碧，映香烟雾隔。
蕙兰心，魂梦役[3]，敛蛾眉。

其二

钿匣[4]舞鸾[5]，隐映艳红修碧。
月梳斜，云鬓腻，粉香寒。

晓花微敛轻呵展[6]，袅钗金燕软。
日初升，帘半卷，对妆残。

---

1 锦檀：有锦套的檀木枕。
2 翘股、翠云：钗饰、鬟髻。
3 役：牵绊。
4 钿匣：镜匣。
5 舞鸾：镜中孤影。
6 呵展：用口嘘之，使舒展开。

菩萨蛮

其一

梨花满院飘香雪，高楼夜静风筝[1]咽。
斜月照帘帏，忆君和梦稀。

小窗灯影背，燕语惊愁态。
屏掩断香飞，行云[2]山外归。

其二

绣帘高轴[3]临塘看，雨翻荷芰真珠散。
残暑晚初凉，轻风渡水香。

无憀悲往事，争那牵情思。
光影暗相催，等闲秋又来。

---

1 风筝：此处指风铃。
2 行云：比喻远行的情人。
3 高轴：书画卷轴。此处“轴”作动词用。

其三

天含残碧融春色，五陵[1]薄幸[2]无消息。
尽日掩朱门，离愁暗断魂。

莺啼芳树暖，燕拂回塘满。
寂寞对屏山，相思醉梦间。

1 五陵：富贵家所居之地。
2 薄幸：薄情郎。

清 / 吴昌硕 / 秾艳灼灼云锦鲜

清 / 任颐 / 花卉册（其一）

李珣 三十七首

李珣，字德润，生卒年不详。波斯人后裔，后定居梓州（今四川省三台县），前蜀亡后不仕，隐居。

清 / 吴昌硕 / 朝日红荷

浣溪沙

其一

入夏偏宜澹薄妆，越罗衣褪郁金黄[1]，
翠钿檀注[2]助容光。

相见无言还有恨，几回拚却[3]又思量，
月窗香径梦悠飏。

其二

晚出闲庭看海棠，风流学得内家妆[4]，
小钗横戴一枝芳。

镂玉梳斜云鬓腻，缕金衣透雪肌香，
暗思何事立残阳。

---

1 郁金黄：郁金香染成的黄色。
2 檀注：点过口红的唇。
3 拚却：舍弃。
4 内家妆：内宫妆、宫人妆。

其三

访旧伤离欲断魂，无因重见玉楼人，
六街[1]微雨镂香尘。

早为不逢巫峡梦，[2]那堪虚度锦江春，
遇花倾酒莫辞频。

其四

红藕花香到槛频，可堪闲忆似花人，
旧欢如梦绝音尘。

翠叠画屏山隐隐，冷铺纹簟水潾潾[3]，
断魂何处一蝉新。

---

1 六街：泛指繁华街市。
2 “早为”句：意指本就为没有碰到巫山神女那样的艳事而遗憾。
3 水潾潾：形容簟席花纹如水波潾潾。

渔歌子

其一

楚山青，湘水渌，春风澹荡看不足。
草芊芊，花簇簇，渔艇棹歌相续。

信浮沉，[1]无管束，钓回乘月归湾曲。
酒盈樽，云满屋，不见人间荣辱。

其二

荻花[2]秋，潇湘夜，橘洲[3]佳景如屏画。
碧烟中，明月下，小艇垂纶[4]初罢。

水为乡，篷作舍，鱼羹稻饭常餐也。
酒盈杯，书满架，名利不将心挂。

---

1 信浮沉：任其沉浮。比喻人生际遇，身世沉浮。
2 荻花：草名。
3 橘洲：又名橘子洲，在湖南长沙湘江中。
4 垂纶：垂下钓丝。

其三

柳垂丝，花满树，莺啼楚岸春山暮。
棹轻舟，出深浦，缓唱渔歌归去。

罢垂纶，还酌醑[1]，孤村遥指云遮处。
下长汀，临浅渡，惊起一行沙鹭。

其四

九疑山，[2] 三湘水，[3] 芦花时节秋风起。
水云间，山月里，棹月穿云游戏。

鼓清琴，倾渌蚁[4]，扁舟自得逍遥志。
任东西，无定止，不议人间醒醉。

---

1 酌醑：饮美酒。
2 九疑山：即九嶷山。在今湖南宁远县南，相传虞舜葬于此。
3 三湘水：指与漓水、潇水、蒸水汇流后的湘水。
4 渌蚁：指美酒。酒初熟有滓，浮如小蚁，故称。

清／吴昌硕／菊花

巫山一段云

其一

有客经巫峡，停桡[1]向水湄。
楚王曾此梦瑶姬，一梦杳无期。

尘暗珠帘卷，香消翠幄垂。
西风回首不胜悲，暮雨洒空祠[2]。

其二

古庙依青嶂，行宫[3]枕碧流[4]。
水声山色锁妆楼，往事思悠悠。

云雨朝还暮，烟花春复秋。
啼猿何必近孤舟，行客自多愁。

---

1 停桡（ráo）：停桨。水湄：水岸。
2 空祠：指巫山神女祠。
3 行宫：这里指楚灵王游宴处，俗称细腰宫。
4 碧流：指长江。

临江仙

其一

帘卷池心小阁虚，暂凉闲步徐徐。
芰荷经雨半凋疏，拂堤垂柳，蝉噪夕阳余。

不语低鬟幽思远，玉钗斜坠双鱼[1]。
几回偷看寄来书，离情别恨，相隔欲何如。

其二

莺报帘前暖日红，玉炉残麝犹浓。
起来闺思尚疏慵，别愁春梦，谁解此情悰[2]。

强整娇姿临宝镜，小池[3]一朵芙蓉[4]。
旧欢无处再寻踪，更堪回顾，屏画九疑峰。

---

1 双鱼：钗饰。
2 情悰（cóng）：情绪。
3 小池：指镜子。
4 芙蓉：喻美人。

王震／花鸟图

南乡子

其一

烟漠漠，雨凄凄，岸花零落鹧鸪啼。
远客扁舟临野渡，
思乡处，潮退水平春色暮。

其二

兰棹举，水纹开，竞携藤笼采莲来。
回塘深处遥相见，
邀同宴，渌酒一卮[1]红上面。

---

1 一卮：一杯。卮，酒器。

其三

归路近，扣舷歌，采真珠处水风多。
曲岸小桥山月过，
烟深锁，豆蔻花垂千万朵。

其四

乘彩舫，过莲塘，棹歌惊起睡鸳鸯。
游女带香偎伴笑，
争窈窕，竞折团荷遮晚照。

其五

倾渌蚁，泛红螺，[1]闲邀女伴簇笙歌。
避暑信船轻浪里，
闲游戏，夹岸荔枝红蘸水[2]。

---

1 泛红螺：浮酒满杯。红螺，酒器。
2 蘸水：浸入水。

其六

云带雨，浪迎风，钓翁回棹碧湾中。
春酒[1]香熟鲈鱼美，
谁同醉？缆却扁舟篷底睡。

其七

沙月静，水烟轻，芰荷香里夜船行。
绿鬟红脸谁家女？
遥相顾，缓唱棹歌极浦去。[2]

其八

渔市散，渡船稀，越南[3]云树望中微。
行客待潮天欲暮，
送春浦，愁听猩猩啼瘴雨[4]。

---

1 春酒：冬季酿制，及春而成的酒。
2 “缓唱”句：棹歌，以棹击节而歌。极浦，远浦。
3 越南：古百越之地。今闽、粤之地。
4 瘴雨：含瘴气的雨。瘴气，我国南部和西南部地区山林间湿热蒸发致人疾病的毒气。

其九

拢云髻，背犀梳，焦红[1]衫映绿罗裾。
越王台[2]下春风暖，
花盈岸，游赏每邀邻女伴。

其十

相见处，晚晴天，刺桐花下越台前。
暗里回眸深属意[3]，
遗双翠，骑象背人先过水。

1 焦红：即蕉红。深红色。
2 越王台：西汉南越王赵佗筑。在今广东越秀山上。
3 属意：心有所属。

女冠子

其一

星高月午，丹桂青松深处。
醮坛开，金磬[1]敲清露，珠幢[2]立翠苔。

步虚声[3]缥缈，想象思徘徊。
晓天归去路，指蓬莱。

其二

春山夜静，愁闻洞天[4]疏磬。
玉堂[5]虚，细雾垂珠佩，轻烟曳翠裾。

对花情脉脉，望月步徐徐。
刘阮今何处？绝来书。

---

1 金磬：乐器。
2 珠幢：以珠为饰的旌旗。
3 步虚声：道士诵经的声音。
4 洞天：道家称仙人所居处。
5 玉堂：仙人所居。

齐白石 / 大富贵（牡丹）

酒泉子

其一

寂寞青楼，风触绣帘珠碎撼。
月朦胧，花暗澹，锁春愁。

寻思往事依稀梦，泪脸露桃红色重。
鬓欹蝉，钗坠凤，思悠悠。

其二

雨渍[1]花零，红散香凋池两岸。
别情遥，春歌断，掩银屏。

孤帆早晚离三楚[2]，闲理钿筝愁几许？
曲中情，弦上语，不堪听。

---

1 雨渍：雨浸。
2 三楚：战国楚地。今黄淮至湖南一带。

其三

秋雨联绵，声散败荷丛里。
那堪深夜枕前听，酒初醒。

牵愁惹思更无停，烛暗香凝天欲曙。
细和烟，冷和雨，透帘旌。

其四

秋月婵娟，皎洁碧纱窗外。
照花穿竹冷沉沉，印池心。

凝露滴，砌蛩吟，惊觉谢娘残梦。
夜深斜傍枕前来，影徘徊[1]。

1 影徘徊：指月影徘徊。

齐白石 / 稻谷加荷叶

望远行

其一

春日迟迟思寂寥，行客关山路遥。
琼窗时听语莺娇，柳丝牵恨一条条。

休晕绣[1]，罢吹箫，貌逐残花暗凋。
同心犹结旧裙腰，忍辜[2]风月度良宵。

其二

露滴幽庭落叶时，愁聚萧娘柳眉。
玉郎一去负佳期，水云迢递雁书迟。

屏半掩，枕斜欹，蜡泪无言对垂。
吟蛩断续漏频移，入窗明月鉴空帏[3]。

---

1 晕绣：用彩线绣成颜色调和的花纹。
2 辜：辜负。
3 鉴空帏：照空帏。

清 / 任颐 / 花卉册（其一）

菩萨蛮

其一

回塘风起波纹细，刺桐花里门斜闭。
残日照平芜[1]，双双飞鹧鸪。

征帆何处客，相见还相隔。
不语欲魂消，望中烟水遥。

其二

等闲[2]将度三春景，帘垂碧砌参差影。
曲槛日初斜，杜鹃啼落花。

恨君容易处，又话潇湘去。[3]
凝思倚屏山，泪流红脸斑。

---

1 平芜：杂草繁茂的原野。
2 等闲：平常、随便。
3 “恨君”二句：怨恨你轻易说离别。潇湘，泛指湖南湘江流域。

其三

隔帘微雨双飞燕，砌花零落红深浅。
捻得宝筝调，心随征棹[1]遥。

楚天云外路，动[2]便经年去。
香断画屏深，旧欢何处寻。

1 征棹：征人的船。
2 动：不觉、不经意。

西溪子

金缕翠钿浮动，妆罢小窗圆梦[1]。
日高时，春已老，人来到。
满地落花慵扫。
无语倚屏风，泣残红。

1 圆梦：解说梦中事，从而附会人事，推测吉凶。

虞美人

金笼莺报天将曙，惊起分飞处。
夜来潜与玉郎期，多情不觉酒醒迟，失归期。

映花避月遥相送，腻髻偏垂凤[1]。
却回娇步入香闺，倚屏无语捻云篦，翠眉低。

---

1 垂凤：凤钗。

河传

其一

去去，何处？迢迢巴楚[1]，山水相连。
朝云暮雨，依旧十二峰前，猿声到客船。

愁肠岂异丁香结？因离别，故国音书绝。
想佳人花下，对明月春风，恨应同。

其二

春暮，微雨。送君南浦，[2]愁敛双蛾。
落花深处，啼鸟似逐离歌，粉檀[3]珠泪和。

临流更把同心结，情哽咽，后会何时节？
不堪回首，相望已隔汀洲，橹声幽。

---

1 巴楚：巴江、楚江。
2 送君南浦：江淹《别赋》："送君南浦，伤如之何？"
3 粉檀：指傅面涂唇的化妆品。

清/虚谷/九月

常玉／花中君子

— 全书终 —

插图画家索引

张萱（生卒年不详）

唐代画家，开元（713～741）年间可能任过宫廷画职。有《捣练图》《虢国夫人游春图》等名作传世。

黄筌（约903～965）

宫廷画家，曾仕前蜀、后蜀，后仕宋。开启宋一代的宫廷花鸟画法。花鸟写生第一人。其画风对后世影响深刻，成为两宋画院创作的典范。

顾闳中（910～980）

五代南唐宫廷画家，曾任南唐画院待诏。奉后主李煜之命察中书侍郎韩熙载，而作传世名画《韩熙载夜宴图》。

周文矩（生卒年不详）

五代南唐宫廷画家，曾任翰林待诏，后仕宋。擅长人物，其人物画善于表现繁华富丽的生活场景。

黄居寀（933～993）

宫廷画家，曾仕后蜀，后仕宋。与其父黄筌都是北宋花鸟画承前启后的人物。

赵昌（生卒年不详）

北宋画家，没骨花鸟自成一派，盛名于真宗大中祥符（1008～1016）年间，自号“写生赵昌”。

赵佶（1082～1135）

即宋徽宗，宋朝第八位皇帝。书法、绘画皆自成一体，创立宣和画院。将中国的工笔花鸟画推向顶峰。

李大忠（生卒年不详）

北宋末期的画家、诗人、书画收藏家。生平无考。

朱绍宗（生卒年不详）

宋朝画家，隶籍画院，工人物猫犬花禽，其秉性淡然，后恬退不仕。

李嵩（1166～1243）

南宋宫廷画家，画院待诏，钱塘人。年少时曾为木工，多绘下层社会生活。有《骷髅幻戏图》《货郎图》等名作传世。

鲁宗贵（生卒年不详）

南宋画家，钱塘人。南宋理宗绍定（1228～1233）年间时为画院待诏。

赵孟坚（1199～1267）

南宋画家，宋皇室后裔。著名画家、收藏家。工诗善文，其画精白描而多用水墨，“墨兰”画法的首创者。

毛松（生卒年不详）

南宋画家，昆山人。善画花鸟四时之景。

钱选（约1239～约1300）

湖州人，南宋进士，入元不仕。工诗善画，花鸟成就尤为突出。宋代设色工笔花鸟画的代表人物。

卫昇（生卒年不详）

南宋人，似入过南宋画院。工花鸟。

任仁发（1255～1327）

松江人，元代水利家、画家。工人物、花鸟。有《五王醉归图》等名作传世。

赵孟頫（1254～1322）

宋皇室后裔，后仕元，为元朝廷所重。著名的书法家、画家，博学多才。其绘画开启元代新画风。

朱瞻基（1398～1435）

即明宣宗，明朝第五位皇帝。擅长花鸟、动物。有《戏猿图》等传世作品。

唐寅（1470～1523）

字伯虎，明代著名才子。画家、书法家、诗人。诗、文、书、画皆有极高造诣。

陈淳（1483～1544）

明代画家，其写意花鸟对后世有深刻影响。

仇英（约1501～约1551）

与唐寅等同为“明四家”。明代最有代表性的画家之一。有《汉宫春晓图》《赤壁图》等名作传世。

项圣谟（1597～1658）

明末著名书画家、收藏家。擅长山水、花鸟。在宋代花鸟基础上发展出新趋势。

陈洪绶（1597～1652）

明末书画家、诗人。明亡后为僧，后还俗。是“具有独立风格艺术家的第一人”。

朱耷（1626～1705）

明皇室后裔，入清后为僧，号八大山人。中国画一代宗师，其水墨写意脱离传统的工笔设色，将中国画带入新的高度。

王武（1632～1690）

苏州人，清初院画名家，收藏家，擅花鸟。

恽寿平（1633～1690）

号南田，清初著名书画家，常州画派开山始祖，开创清代没骨花卉的新画风。

石涛（1642～约1708）

明皇室后裔，“清初四僧”之一，别号苦瓜和尚。中国画革新者，绘画史上重要的绘画艺术理论家。

蒋廷锡（1669～1732）

常熟人，康熙进士，宫廷画家。擅花鸟，开创“蒋派花鸟画”。

马逸（生卒年不详）

常熟人，恽寿平传人，后师从蒋廷锡。有号称“中国牡丹第一图”的《国色天香图》等作品传世。

沈铨（1682～1760）

湖州人，创“南蘋派”写生画，曾东渡日本。对日本江户时代长崎画派影响深远。深受日人推崇，被称为“舶来画家第一人”。

金农（1687～1763）

“扬州八怪”之首，扬州画派的代表人物。画风独树一帜。

李鱓（1686～1756）

“扬州八怪”之一，初奉内廷，后离职。

郎世宁（1688~1766）

意大利人，康熙年间作为传道士来中国。入宫后成为清代著名宫廷画家。是世界绘画史上“中西合璧第一人”。探索出西画中用的新画风。

钱维城（1720~1772）

乾隆十年状元，工诗善画。官至刑部侍郎，为内廷画苑领袖。

余稚（生卒年不详）

常熟人，乾隆年间宫廷画家。

虚谷（1823~1896）

初为清军参将，后为僧。誉为“晚清画苑第一家”。

居廉（1828~1904）

广东番禺人，“岭南派”著名花鸟画家。

蒲华（1832~1911）

嘉兴人，晚清著名书画家。“海派四杰”之一。

吴昌硕（1844~1927）

晚清民国时期著名画家。绘画、书法、篆刻均有极高造诣。“后海派”代表人物。

任颐（1840~1896）

即任伯年，清末杰出画家。对近现代花鸟画有深刻影响。

齐白石（1864~1957）

中国近现代绘画大师。

常玉（1900~1966）

旅法画家。西方公认的世界级绘画大师。

The Collection of
Songs among The Flowers

花间集

产品经理 | 余　雷　　装帧设计 | 余　雷　　出 品 人 | 吴　畏

本书校注难免有所疏漏，衷心期望广大读者指正，以便我们不断修订。

yulei@guomai.cc

图书在版编目（CIP）数据

花间集 /（后蜀）赵崇祚编；（唐）温庭筠等著；（宋）赵佶等插图. -- 西安：三秦出版社，2018.6（2020.3 重印）
ISBN 978-7-5518-1838-4

Ⅰ.①花… Ⅱ.①赵… ②温… ③赵… Ⅲ.①词（文学）- 作品集- 中国- 古代 Ⅳ.① I222.82

中国版本图书馆 CIP 数据核字（2018）第 103881 号

花间集

（后蜀）赵崇祚 编 （唐）温庭筠等 著 （宋）赵佶等 插图

出版发行 陕西新华出版传媒集团 三秦出版社
社　　址 西安市雁塔区曲江新区登高路 1388 号
电　　话 （029）81205236
邮政编码 710003
印　　刷 北京盛通印刷股份有限公司
开　　本 1092mm×840mm 1/32
印　　张 13.25
字　　数 90 千字
版　　次 2018 年 6 月第 1 版
　　　　 2020 年 3 月第 8 次印刷
印　　数 131,001-136,000
标准书号 ISBN 978-7-5518-1838-4
定　　价 98.00 元

网　　址 http://www.sqcbs.cn

如发现印装质量问题，影响阅读，请联系 021-64386496 调换。